나는 있어 고양이

나는 있어 고양이

김영글, 김화용, 우한나, 이두호, 이소요,
이수성, 정은영, 차재민 지음

돛과닻

서문:
나는 있어 고양이

이 책의 제목은 몇 해 전부터 SNS에 떠돌고 있는 인터넷 유행어 '나만 없어 고양이'를 뒤집어 표현해 본 것이다. 이 유행어는 최근 젊은 사람들 사이에서 고양이의 이미지가 어떠했는가를 보여 준다. 뉴스나 광고에서는 애묘인 100만 시대, 200만 시대 등의 문구를 심심치 않게 볼 수 있다. 이미 3년 전부터 반려묘의 수는 국내 추산 약 300만 마리로 집계되고 있는 것 같다. 개의 경우처럼 등록제가 있는 것이 아니다 보니 정확한 통계는 아니겠지만, 어쨌거나 수치로도 감지되는 이러한 변화 속에서 고양이는 반려동물로서의 지위를 공고히 한 지 오래다.

고양이를 키우는 사람을 일컫는 애칭인 '집사'라는 표현은 더이상 애묘인들만의 용어가 아니다. 한 발 나아가, 고양이는 이제 '힙'한 아이템이라는 이미지까지 점유한 것처럼 보인다.

인테리어에 관심이 있는 사람이라면 '인테리어의 완성은 고양이'라는 우스갯소리를 한 번쯤 들어 보았을 것이다. 현실적인 여건 때문에 직접 키우지는 않지만 인터넷을 통해 타인의 고양이 사진, 영상 등을 즐겨 보는 이들을 '랜선 집사'라고 부르기도 한다. 고양이는 그저 키우고 싶은 동물을 넘어 구경하고 싶고, 갖고 싶고, 있으면 자랑하고 싶은, 영향력 있는 하나의 '이미지'로서 현대인의 삶에 스며들게 된 것이다.

그러나 한편으로 고양이는 복잡한 이해의 층위 속에서 여전히 부유하는 이미지 같기도 하다. 아파트 구석으로 쫓겨나거나 몰살 당한 고양이들의 이야기, 재개발이 시행되고 사람들이 이주하면서 삶의 터전을 잃어버린 길냥이들의 이야기는 도처에 널려 있고, 관절에 좋다며 고양이를 잡아먹는 사람이 있는가 하면, 영물이나 속을 알 수 없는 신비한 동물로 보는 시선 또한 여전히 존재한다. 고양이는 우리 곁에 가까이 있으면서도 참으로 여러 가지 이미지로 존재하고 있다.

고양이와 살다 보면 고양이에 관해 흔히 알려진 사실과 다른 점을 많이 발견하게 된다. 가령 고양이가 개보다 외로움을 덜 타서 빈 집에 혼자 두어도 괜찮지 않을까 생각했던 사람이라면 깜짝 놀라게 될 것이다. 고양이가 얼마나 쉽게 울적해하는지, 그리고 혼자만의 영역에서 고요한 시간을 갖는 것만큼이나 다른 존재와 함께 친밀한 시간을 보내는 것 또한 얼마나 좋아하는지 알게 될 테니 말이다. 물론 정반대의 경우도 가능하다. 귀엽고 사랑스러운 무릎냥이를 기대했다가 몇 년이 가도록 포옹 한번 못 해 볼 수도 있다.

성인이 된 후 고양이를 키우면서 내가 처음으로 놀랐던 것은 사위가 어두울 때 고양이의 동공이 한껏 가늘어져 칼눈이 되는 모습을 보고서였다. 광고와 애니메이션, 일러스트레이션 속의 고양이는 그런 눈을 갖고 있지 않았다. 평소 고양이의 '진짜 눈'을 자세히 관찰할

기회 또한 잘 없었다는 사실을 깨달았다. 동그랗고 새까만 눈에다 도도한 성격의 고양이만을 고양이로 여겨 왔던 나에게, 현실 속 고양이는 너무나 다양한 표정들을 보여 주었다.

이 책을 펴내는 것은 꽤나 오래 전부터, 출판사를 만들기도 전부터 마음속에 품어온 소망이었다. 미술가는 주로 재택 근무를 하는 프리랜서가 대부분이고 일반적으로 사회가 요구하는 삶의 속도나 테두리를 벗어난 생활을 꾸려가는 경우가 많다. 거주지도 인구도 밀집되어 있지만 서로 간의 심리적 거리는 섬처럼 동떨어져 있는 현대 도시에서, 고양이와 함께 살아간다는 것은 어떤 의미일지 동료들에게 물어 보고 싶었다. 나는 예술이 익숙한 세상을 새롭게 감각하고 사유하게 만드는 일이라고 여기며, 미술가는 기본적으로 하나의 존재나 사물, 이미지 혹은 테마에 대해, 시간을 들여 관찰하고 성찰하는 사람들이라고 믿는다. 그렇게 세상을 꼼꼼히 뜯어보고 면밀히 바라보는 것이 특기인 미술가들이 우리 곁에 늘 존재하는 고양이와 집사의 삶에 대해서도 차근차근 풀어보면 좋겠다는 생각을 했다.

표준화된 이미지는 대상에 대한 관념을 단순하게 만들고 세상을 바라보는 시야를 좁힌다. 미술가들의 관찰과 사유로 고양이 이야기를 풍부하게 기록해 보는 것이 거기에 대한 작은 저항의 시도가 될 수도 있지 않을까? 이 책의 표지 또한 특정한 고양이의 형상이 아니라 다양한 무늬와 색깔과 몇 가닥의 털을 통해 고양이의 존재와 흔적을 암시한다. 사람이 그렇듯 고양이도 외모와 성격과 기질이 개체마다 다르고, 고양이와 함께하는 삶을 선택한 사람이 겪게 되는 희로애락과 일상의 빛깔도 저마다 다를 수밖에 없을 것이다.

그리하여 고양이를 사랑하는 미술가 8인이 각자의 고유한 시선을 담은 글과 이미지들을 한 자리에 모았다.

~

이수성은 고양이 알레르기를 가진 집사가 코로나 시대를 맞이하면서 떠올리게 된 단상들을 흥미롭게 전개한다. 어린 시절의 기억을 출발점 삼아 과거로부터 흘러 온 단상들은 서로를 길들인다는 것의 의미를 물으며 현재로 연결된다.

차재민은 고양이를 대하는 가족들의 서로 다른 시선과 돌봄의 태도에 관해 썼다. 그 과정에서 발견하는 것은 스스로의 정체성이기도 하고, 관계 맺음을 둘러싼 새로운 감각들이기도 하다.

우한나는 오래 전부터 관심을 가져 온 멜랑콜리라는 키워드에 주목하며, 지극히 예민하고 감정적이지만 동시에 독립적이고 자신을 지킬 줄 아는 성향을 지닌 고양이를 예술가의 태도에 비추어 본다.

정은영의 글은 미술 작가로서 영위하는 유동적인 삶 속에서 어느새 우선순위를 탈환해 버린 고양이들에 대한 기록이다. 그간 함께해 온, 성격도 외모도 범상치 않은 고양이들의 생애사 속에서, 필자는 만남과 이별의 순간들을 애틋하게 다시 경유한다.

이소요는 고양이 가족과 보내는 시간의 의미를 창문이라는 특정 공간을 프레임 삼아 돌아본다. 실내에서도 주로 창가에서 많은 시간을 보내는 고양이들과 함께, 필자는 창문 경계 바깥의 풍경과 계절을 느끼고 감각하며, 종간 경계와 그 경계 너머에 대해서도 사유한다.

한편, 집이 아니라 길에 사는 고양이 친구들과도 긴 시간을 함께 보낸 김화용은 '반려'라는 단어가 갖는 의미의 확장을 경험한다. 인간과 비인간 존재가 맺는 관계는 길고양이의 시선으로 다시 쓰여지고, 그렇게 축적된 시간은 기쁨과 슬픔이 씨실과 날실처럼 엮인 풍경을 만들어 나간다.

시각을 잃은 고양이 소리짱과 함께 사는 이두호는, 비장애 고양이의 경우와는 다른 방식으로 접근해야 했던 집사의 역할과 태도, 그리고 대화와 폭력의 모호한 관계에 대해 썼다. 소리짱의 입장에서 감각하는 세계는 시각과 청각에 대한 새로운 사유의 장으로 독자를 이끌어 줄 것이다.

김영글은 멋모르고 시작한 독박육묘의 험난함 속에서 일상을 회복하며 발견하게 된 진실들, 그리고 그 과정에서 마주한 감정의 빛과 그림자에 관해 썼다.

『나는 있어 고양이』는 이와 같이 동물과 관계 맺는다는 것을 둘러싼 '현실 집사'들의 솔직한 고민과 성찰의 흔적을 담고 있다. 그 여정을 따라가다 보면, 서로 다른 환경에서 발아한 감정과 생각들도 책 속에서 조우하고 교차하며 풍성해지는 것을 느끼게 된다.

~

고양이를 갓 키우기 시작했을 때 나는 고양이 특유의 매력과 일상을 채우는 온도에 그저 감복해서 주변 사람들에게 고양이 예찬론을 펼쳤다. 하지만 지금은 누가 고양이를 키우고 싶다고 하면 붙잡고 진지하게 한번 더 고민할 것을 권유한다. 힘든 상황이 와도 끝까지 서로를 지킬 수 있는 에너지와 책임감이 사랑에 수반되어야 한다는 사실을, 그리고 그것이 생각보다 무척 어렵다는 사실을 고양이들과 지내며 매일 깨닫는 까닭이다.

모든 유행이 그렇듯, 고양이의 인기에도 부작용은 있다. 예능 프로그램 같은 매체의 책임도 간과할 수 없다. 귀여운 고양이나 강아지가 늘 한쪽 구석에 준비된 소품처럼 등장하는 모습은 사람들로 하여금 깊은 고민 없이 반려동물을 입양하게 만들고 또 그러다 보니 금세 파양하거나 버리는 일로 이어지기도 한다. 책의 출간을 기획하고 진행하면서, 고양이와 함께하는 삶에는 많은 갈등과 노동과 책임이 뒤따른다는 사실을 독자들이 읽어 주었으면 하는 마음이 컸다. 이 책이 목표하는 것은 결국 소유물로서만이 아니라 존재 그 자체로 또렷이 시선을 집중시키고 질문을 발생시키는 타자로서의 고양이를 조명하는 것이다. 여덟 편의 글은 인간이 고양이를 통해 세상을 바라보는 새로운 관점을 배우는 이야기이며, 저마다 가진 삶의 조건과 풍경을 기록한 과정이기도 하다. 고양이와 집사들이 보여 주는 다양한 '있음'을 통해 독자들 각자가 발 딛고 선 세상, 그리고 우리 존재와 감각의 또 다른 차원을 함께 들여다보는 시간이 되기를 바란다.

사실 책의 제목을 정하면서 고민이 많았다. '나는 있어 고양이'라는 말이 혹여 소유물로서의 고양이를 강조하게 되지는 않을까 염려가 계속 남았다. 그러나 어순도 맞지 않고 부호 표기조차 없는 이 문구는, 언뜻 보면 내가 고양이를 가지고 있다는 말로 읽히지만 곰곰 뜯어 보면 달리 읽히기도 한다. 삶 안에 나도 있고 고양이도 있다는 말의 축약일 수도 있고, 고양이로 인해 내가 존재한다는 뜻일 수도 있으니, 독자들이 우리말의 묘미를 살려 자유롭게 의미를 연상하고 꿈보다 나은 해몽을 떠올려 주었으면 하는 바람을 가져 본다.

전례 없는 바이러스의 유행으로 세상이 멈춰 버린 와중에도 이 원고들을 매만지는 동안에는 마음이 부드럽게 어디론가 계속 흐를 수 있었다. 타자의 존재와 의미가 더 크고 묵직하게 다가오는 이때에 고양이를 이야기하는 책을 완성하게 되어 다행이다. 마음과 시간을 아낌 없이 나누어 주신 일곱 분의 필자들께 깊이 감사 드린다. 원고들을 여러 번 되짚어 읽으면서, 삶을 바라보는 섬세한 눈길과 각자의 세계를 구축하는 용기들로부터 많이 배웠다. 필자를 섭외하고 펀딩과 홍보를 진행하는 과정 전반에 이르러 도움을 아끼지 않은 동료 김화용과 유재인, 그리고 흔쾌히 디자인을 맡아 주신 이재민 디자이너께도 고마운 마음을 전한다. 디자이너 자신이 두 고양이의 집사이기에 책의 의도를 누구보다도 잘 이해하고 세심한 디자인을 제안해 주셨다. 마지막으로 이 책이 나오면 가장 먼저 보여 주고 싶었던 사람, 동물과 마음을 나누는 기쁨을 알았던 사람, 그리운 친구 故 김소영에게 안부를 띄운다.

2020년 여름, 김영글.

차례

1

코로나 블루, 블라디미르 타틀린, 알레르기

코로나19의 시대가 열린 이후 나에겐 크고 작은 변화가 있었다. 그중 하나는 평생을 달고 다니던 만성 비염과 가벼운 감기 증상들, 그리고 고양이 알레르기가 잦아든 것이다. 세간에는 이러한 현상을 설명하려는 몇 가지 가설이 있다.

1. 전보다 자주 손을 씻고, 자주 목욕을 하고, 외출 시에 마스크를 썼기 때문이다.
2. 팬데믹으로 인해 생산시설들이 멈추고 내연기관 자동차들의 운행이 감소하면서 대기 질이 좋아졌기 때문이다.

나는 여기에 더해 다음의 가설을 추가하려고 한다.

3. 평소처럼 코를 훌쩍거리고 다닌다든가 재채기를 하면 다른 이들에게 코로나 환자처럼 보여 공포와 혐오를 심어줄지 모른다는 심리적 압박의 영향이다.

1과 2의 가설은 라디오에서 들었던 이야기다. 이건 가설이라기보다 과학적 상식에 가까워 보인다. 여기에 대해서는 길게 말하지 않아도 될 것 같다. 하지만 3의 가설에 대해서는 부연 설명이 필요하다. 코로나 환자로 오해받지 않기 위해 뇌 어느 부분에 작용하는 방어기제가 특정 호르몬의 분비 변화를 끌어내고 그것이 가벼운 감기와 같은 호흡기 질환, 알레르기성 비염을 은폐하거나 유예시킨다는 것이다. 다만 이 가설은 내가 증명할 수 없는 것이기 때문에, 일종의 음모론이나 유사 과학, 공상에 지나지 않을지도 모른다. 그러나 공상을 하는 일이 나의 직업이라고 믿고, 이 글을 쓰는 데 죄책감을 느끼지 않기로 한다.

나는 5살 무렵 인간의 몸에 대해 궁금했다. 내가 상상한 인체의 해부도는 다음과 같은 모양이었다. 주로 레몬과 얼음이 동동 떠 있고 아래쪽에 수도꼭지가 달린 투명한 물통을 생각하면 이해가 쉬울 것이다. 그로부터 30년이 지난 지금, 인간은 그렇게 단순하지 않다는 걸 알게 됐다. 나는 조금 더 복잡하고 심오한 인간의 몸과 뇌에 대해 생각한다. 뇌는 각 부위별로 우리 몸을 움직이거나 감정을 조절하며 성격, 사회성, 대인관계 등에 영향을 미친다. 인간은 뇌에 저장된 기억을 통해 학습한다. 보통 사람이 저장하고 있는 가장 오래된 기억은 3~4살 무렵의 일이라고 한다. 큰 사랑을 주며 길러준 부모님에게는

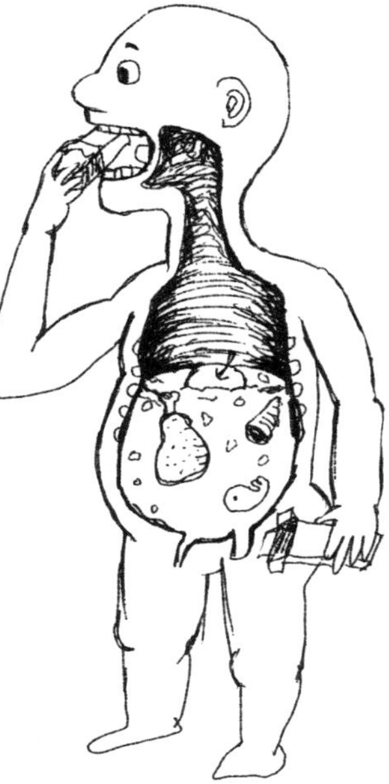

미안하지만, 나의 가장 오래된 기억은 네 살 무렵 어머니에게 회초리로 종아리를 맞던 기억이다. 한 아이의 가장 강렬한 기억이 매를 맞는 기억이라는 것은 꽤 슬픈 일 같지만, 확실히 기억하는 건 어머니가 회초리를 휘두를 때 내가 폴짝 뛰어올라 정확하게 그 회초리를 피했던 순간이었다. 어머니의 화난 얼굴에서 숨기지 못한 웃음이 터져 나오던 것을 기억한다. 우리는 함께 크게 웃었다.

나의 오래된 기억들은 주로 다치거나 매를 맞거나 혼났던 것들이다. 물론 왜 혼났는지는 기억하지 못한다. 부모님은 회초리로 쓰기 좋은 나뭇가지를 꺾어 온다며 어딘가로 여행을 떠나기도 했었다.

이런 기억을 더듬는 것은 3의 가설에 관해 이야기하기 위해서인데, 며칠 전 코로나와 내 고양이 알레르기에 대해 깊이 생각하다가 부모님께 혼나던 기억 중의 하나를 떠올렸기 때문이다.

어머니에게 크게 혼나던 날, 하나뿐인 여동생은 돌연 세상에서 가장 엄마 말을 잘 듣는 아이가 되어 있었다. 마찬가지로 동생이 어머니에게 혼나던 날이면 언제나 나는 그 순간 가장 착하고 바르고 성실한 아들이 되었다.

"엄마, 숙제 다 했어요. 제가 도와드릴 일 없을까요?"

이때 유의할 점은 눈물이 그렁그렁 맺혀 있는 동생의 눈이 나를 날카롭게 흘겨보고 있다는 사실을 모른 척해야 한다는 점이다. 혼나는 위치에 있지 않다는 안도감, 어머니의 화가 언제든 이쪽으로 옮겨올 수 있다는 두려움, 그로 인한 자기 검열이 원래의 내 모습을 은폐하고 위장했던 것이었을까? 그나저나 내 고양이 알레르기는 어디로 숨어버린 걸까?

그를 처음 만난 때는 2009년 7월의 어느 날이었다. 그 당시에 나는 고양이라는 동물에 완전히 매료되어 있었다. 길거리의 모든 고양이에게 말을 걸었다. 고양이는 미학적으로 완벽한 유일한 동물이라고 생각했다. 나에겐 '고양이를 키우고 싶어!'라는 열망뿐이었고, 오래지 않아 인터넷 고양이 커뮤니티를 통해 가정 분양을 받기로 약속했다. 그날을 기억한다. 고양이 커뮤니티의 모 님을 찾아갔고, 주차장에 있는 모 님의 차에 올랐다. 그가 커다란 상자를 열자 손바닥만 한 막 젖을 뗀 고양이 일곱 마리가 꿈틀거리고 있었다. 내가 가슴을 진정시키며 어찌할 줄 모르는 사이, 그중 한 마리가 내 품에 안겼다. 처음 만난 사람의 무릎에 올라와서 잠을 청하는 한 마리의 고양이. 나는 이 고양이에게 선택받은 것이었다.

고양이는 하루 중 대부분의 시간을 잠을 자는 데 사용했다. 그리고 언제나 내 몸의 어딘가에 살을 대고 있었다. 나는 그가 잠에서 깨지 않게 내 몸의 일부를 기꺼이 내어주었다. 하루 종일 이 고양이의 모든 것을 바라보았다. 아아, 이토록 아름다운 생명체라니. 이 작은 아름다움과 나는 2009년 여름방학의 나날을 보내고 있었다. 하지만 행복은 오래가지 않았다.

똑똑!

"학생, 방에 있어?"

관리실 아주머니의 목소리였다. 나는 고양이를 상자에 숨기고 이불로 덮었다. 심장이 빠르게 뛰었다. 나에겐 사실 고양이를 키우기에 적절하지 않은 몇 가지 이유가 있었다. 그중 제일 큰 문제는 한 평 반짜리 고시원에 살고 있다는 것이었다. 고양이 울음소리가 난다는 민원이 있었고, 관리실 아주머니께서 쓰레기장을 뒤져 고양이 모래가 들어 있는 종량제 봉투를 찾아내셨다. 봉투 속에는 단단하게 굳은 고양이의 변과 내 우편물이 뒤섞여 있었던 것이다. 당시 고시원을 떠날 수 있는 형편이 아니었기 때문에, 고양이를 만난 지 한 달여 만에 잠시 대학 선배의 집에 맡기기로 했다.

그러고 보니 아직 고양이의 이름을 소개하지 않았다는 것을 깨달았다. 타틀린, 나의 고양이의 이름은 타틀린이다. 고양이의 동의를 구하지는 못했지만, 이 이름을 지어준 데에는 매우 자연스러운 이유가 있었다. 그를 만나기 전 대학에서 『현대 조각의 흐름』이란 책으로 수업을 들었고, 책 속의 러시아 아방가르드 작가 '블라디미르 예브그라포비치 타틀린'의 작업이 무척 마음에 들었는데, 마침 이 고양이의 품종이 '러시안 블루'였던 것이다. 보드카를 베이스로 하는 칵테일 이름으로 '블루 러시안'도 있는 모양이지만, 구축주의 미술에 흥미를 갖던 나에게는 이 두 단어의

조합이 마치 타틀린을 향한 노래 제목처럼 들렸다. 책에서 본 타틀린의 〈제3 인터내셔널을 위한 기념비〉 도판도 푸른 빛이 도는 흑백 사진이었다.

반년이 지났다. 그사이에 나는 졸업 전시를 오픈했다. 타틀린을 선배의 집에 맡겨 놓은 것이 내내 마음에 걸렸기 때문에 졸업하기 전에 서둘러 원룸을 구했다. 마침내 타틀린과 재회하였다. 타틀린은 소년 고양이가 되어 있었다. 가슴은 늠름하게 벌어져 솟아 있었고, 녹색 구슬 같은 눈동자는 더 또렷해졌다. 그는 새로 이사한 집에 잘 적응하는 것 같았다. 한 평 반짜리 고시원에서 아홉 평 남짓한 원룸으로 옮겼으니 이제 반려인으로서 떳떳한 마음이 들었다.

원룸 생활에 대한 환상이 사라질 때쯤, 나에게 고양이 알레르기가 있다는 걸 알게 되었다. 타틀린이 한 살이 될 무렵의 일이다. 같은 공간에 있으면 콧물이 흘렀다. 내 마른 몸속 어디에서 이렇게 많은 양의 콧물이 나오는지 알 수 없을 정도였다. 털을 빗겨주거나 목욕을 시키고 나면 손바닥이 바늘에 찔린 것처럼 따끔거렸다. 그때부터 나는 타틀린 그리고 알레르기와 동거하게 됐다. 사실 알레르기라고 말해왔지만, 이비인후과나 내과에서 '탕탕! 당신은 고양이 알레르기 환자입니다'와 같은 진단을 받은 적은 없다. 애초에 이 문제를 가지고 병원에 찾아갈 생각도 하지 않았다. 이게 꾸며낸 이야기라고 생각해도 별수없다. 나는 마스크로 얼굴을 가린 의사가 할 말을 이미 알고 있었다.

"고양이를 키우지 마세요."

내가 이런 편견에 사로잡히는 데 영향을 준 사례가 있다. 20대 중반에 간헐적으로 기도가 좁아지는 증상이 생겨 의사와 상담한 적이 있다. 이 증상은 조금 특별한 경우에만 나타났다. 누운 채로 크게 웃거나 혹은 맥주를 한 캔 이상 마신 경우였다. 영화

〈요람을 흔드는 손〉의 주인공처럼 나는 방바닥을 기어다니며 숨을 쌕쌕거렸다. 의사는 절박한 나의 눈을 마주치지 않은 채 완벽한 해결 방법을 알려주었다.

"누워서 웃지 말고, 맥주를 마시지 마세요."

누운 채 크게 웃을 일은 나이가 들면서 점점 사라지고 있으니 나는 술을 마시지 않는 것으로 그 증상에서 벗어날 수 있었다. 하지만 고양이 알레르기 증상에서 벗어나기 위해 키우던 고양이를 파양하는 것은 전혀 다른 차원의 일이다. 내가 이 증상을 가지고 병원에 찾아가지 않은 것은 그 완벽한 처방을 듣는 것이 두려웠기 때문일지도 모르겠다.

고양이 알레르기는 점점 심해졌다. 다음은 당시에 타틀린을 파양하지 않아야 하는 세 가지 이유에 대해 정리한 것이다.

첫 번째는 타틀린을 사랑하기 때문이다. 알레르기 증상은 내가 감수하면 된다. 어릴 때부터 계절성 알레르기 비염을 가진 채 살아온 터라 고양이 알레르기가 특별히 삶에 큰 어려움을 더하지는 않는다. 다만 남들처럼 자주 털을 손질해 주고 손으로 만져 주고 목욕 시켜 주지 못하는 것이 늘 미안하다.

두 번째로 책임감을 포함한 윤리적인 문제가 있다. 이것은 반려동물에 대한 정치적 올바름에 반하는 것이다. 준비되지 않은 환경에 고양이를 데려왔던 무책임에 대한 만회도 다 하지 못한 상태이다.

세 번째는 파양을 했을 때 예상되는 사회적 비난에 대한 두려움이다. 내 졸업작품의 제목이 무려 〈타틀린을 위한 기념탑〉이었다. 그동안 트위터와 페이스북에 올린 타틀린 사진의 '좋아요' 숫자는 또 어찌 감당할 것인가.

10년간 수많은 일이 일어났다. 매일 밤 타틀린은 여전히 내 몸 어딘가에 살을 대고 잠이 들었다. 나는 집에서 언제나 콧물을 흘렸고, 팔꿈치나 발가락으로 타틀린을 만져 주었다. 졸업 이후에 크고 작은 전시에 참여하고, 작업하고, 연애하고, 결혼하고, 아이를 낳고, 일했다. 쉼표와 쉼표 사이에는 무한한 조증과 울증의 곡선을 그렸다. 타틀린은 언제나 다정했다. 내가 우울할 때면 곁에서 걱정스러운 눈빛으로 얼굴을 비비며 위로해 주었다. 방에서 혼자 울고 있는 내 품으로 들어와 귀를 핥아 주었다. 나는 눈물을 멈추고, 콧물을 흘렸다.

2017년, 딸아이가 태어났다. 이 생명의 탄생은 우리 부부에게도 타틀린에게도 무척 큰 사건이었다. 어른들은 아기와 고양이를 함께 키우는 것에 대해 걱정했지만, 우리는 함께 살기로 했다. 아기를 동물과 함께 키우면 면역력에 좋다더라는 풍문으로 어른들을 설득했다. 어릴 적에 봤던 티브이 속 서양 홈비디오에서는 고양이가 갓난아기와 함께하는 모습들이 흔하지 않은가. 고양이가 아기를 공격했다든가 고양이로 인한 전염병이 있다는 이야기는 들어본 적이 없다. 심지어 서양인들은 집안에서 신발도 신고 다니는데 말이다. 하지만 경험한 적 없는 일이기 때문에 조금은 걱정이 된 것도 사실이다. 고양이는 서열을 따지는 동물이라 이 작은 인간에게 어떻게 대할지 알 수 없는 일이었다.

솜이불에 싸여 있는 핏덩어리를 데리고 우리 부부는 집에 돌아왔다. 타틀린은 이 낯선 생명을 호기심 가득한 눈으로 한참을 바라보고, 코를 벌름거리며 조심스럽게 아기의 냄새를 맡았다. 그리고 그날부터 우리의 걱정이 무색할 정도로 철저하게 아기에게 거리를 두었다. 타틀린은 언제나 아기가 있는 곳에서 한 발짝 떨어진 거리에 머물렀다. 타틀린이 매일 낮잠을 자던 소파는 딸아이의 차지가 되었다. 타틀린은 싫은 내색도 하지 않고 늘 같은 거리를 유지했다. 이 거리는

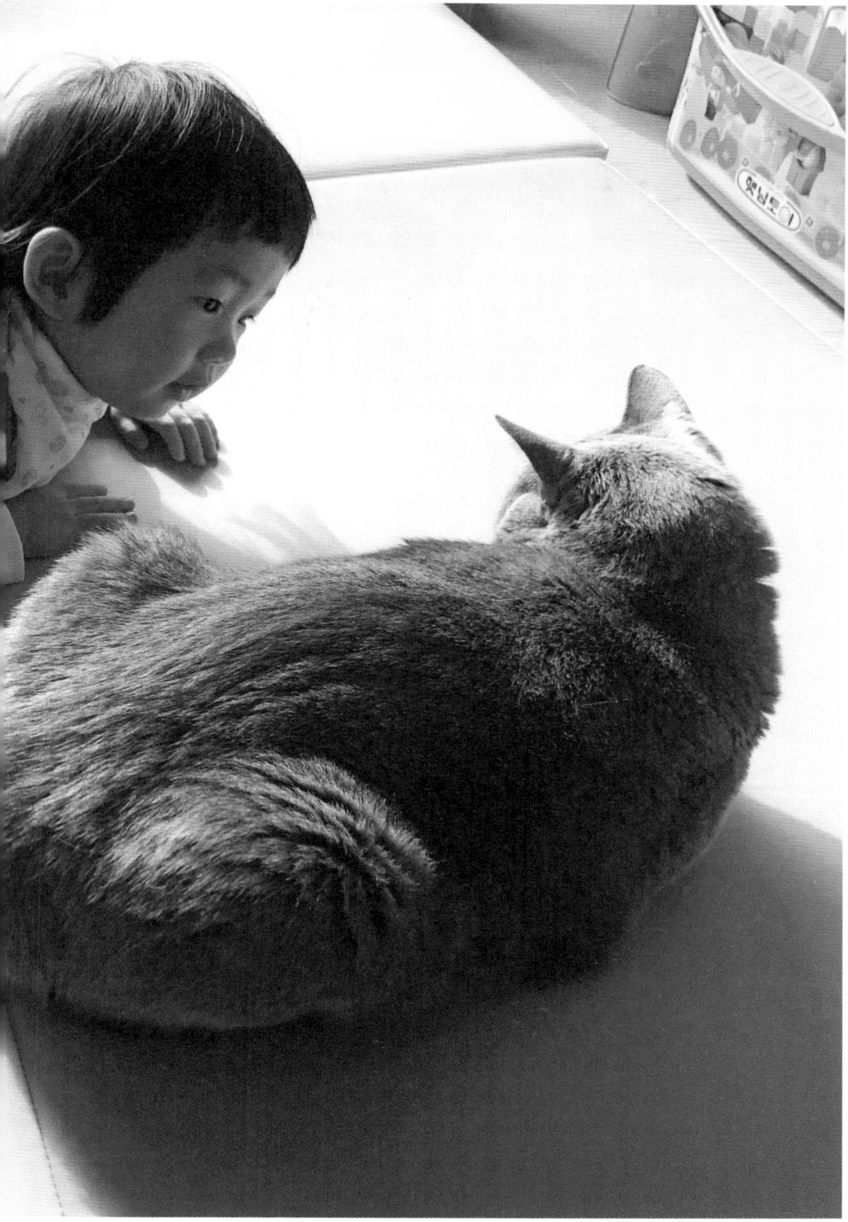

아기가 기어다니기 시작한 후에도 유지되었다. 아기가 타틀린을 향해 엉금엉금 다가가면 타틀린은 뒷걸음질을 치는 식이었다. 이 철저한 거리 두기는 결국 아이가 걷기 시작한 후에야 종료되었다. 아이는 타틀린의 보드라운 털을 쓰다듬거나 꼬리를 잡아당겼다. 타틀린은 못마땅하고 귀찮은 표정으로 꼬리를 탕탕 내리쳤다.

딸아이는 불행하게도 나에게 비염을 물려받았다. 내 비염이야 치료하지 않고 살더라도 딸에게 그럴 수는 없었다. 소아과 의사에게 고양이를 키운다는 사실을 알리고 비염의 치료 방법에 관해 물었다. 앞서 말했다시피, 나는 이미 의사가 할 말을 알고 있었다. 하지만 내 예상은 보기 좋게 빗나갔다. 소아과 의사는 부드럽고 사려 깊은 목소리로 이야기했다.

"비염을 악화시키는 환경요인을 제거하는 게 좋겠네요."

2020년 코로나의 시대가 찾아왔다. 아이는 더이상 어린이집에 가지 않는다. 예술을 한다는 핑계로 작업실에 나가는 날엔 아내가 독박 육아를 했다. 마음에 남은 공간들이 사라져 갔다. 부부싸움도 잦아졌다. 아이가 집에 있는 시간이 늘어서 그런지 타틀린은 이제 제법 딸아이와 친해져 서로 볼을 비비기도 한다. 파도의 곡선에서 가장 아래의 지점을 그리던 어느 날, 지긋지긋하던 고양이 알레르기가 어딘가로 숨어버렸다는 걸 알게 됐다.

그 사실을 확신하게 된 것은 타틀린을 목욕시키고 났을 때의 일이다. 보통이라면 묽고 투명한 콧물이 동파 예방을 위해 틀어 놓은 수도꼭지처럼 줄줄 흐르고 손바닥은 철침으로 둘러싸인 지압봉을 주무르는 것처럼 뜨거워지기 마련인데, 그날은 그렇지 않았다. 그 이후로도 알레르기 증상은 나타나지 않았다. 갑자기 내 몸에 찾아온 이상 현상의 원인을 분석하기 위해 나는 세 번째 가설을 세우고 이 글을 쓰기 시작한 것이었다.

라디오에선 코로나 확진자에 관한 보도가 흘러 나오고 있다. '코로나 블루'라는 사회적 현상에 대한 심리학자의 인터뷰가 이어진다. 담배를 피우기 위해 현관문을 나섰다가 마스크를 챙기지 않은 걸 알아채고 다시 집에 들어왔다. 문득 사회적 거리 두기나 마스크 쓰기와 같은 개인 방역은 사회적으로 비난 받는 것에 대한 두려움으로 유지되는 건 아닐까, 하는 생각이 들었다.

내 가장 오래된 기억이 매를 맞거나 혼나는 순간이라는 건 두려움이라는 감정이 가장 효과적으로 인간을 움직이기 때문인 걸까? 그렇다면 이토록 지독한 내 무기력증도 두려움으로 극복할 수 있을까? 나는 단지 고양이의 긴 하품과 여유로운 걸음걸이를 동경했던 건 아닐까? 고양이라는 이 신비한 동물은 어쩌다가 인간에게 길들었을까? 길들인다는 건 어떻게 가능한 일일까? 두려움도 길들일 수 있는가? 아니, 이미 두려움에 길들어버린 건가?

정리되지 않는 질문이 빙글빙글 돌며 꼬리를 문다.

그런데 조금 전 문장을 쓰고 얼마 지나지 않아 내 세 번째 가설을 무너트릴 한 가지 중대한 오류를 발견하고 말았다. 약 봉투를 올려 놓은 선반 한쪽에 올봄부터 먹기 시작한 스트레스성 원형 탈모 치료제의 처방전이 놓여 있다. 표의 세 번째 항목에는 '항히스타민제'라고 적혀 있다.

낮잠을 자던 타틀린이 꼬리를 탕탕탕 내리친다.

이수성

조각이나 설치 등 미술작업을 한다. 수컷 고양이(10세)의 집사이자 딸아이(4세)의 아빠다. 머릿속엔 언제나 9개 이상의 생각이 각자 떠드는데 덕분에 주변의 소리를 잘 듣지 못한다.

2

어쩌다 고양이

2012년 겨울 D와 나는 서울로 돌아왔다. 우리는 물가가 싸고 익숙한 동네에 셋집을 얻었다. 두 사람이 살기엔 충분히 넓은 집이었지만 볕이 잘 들지 않아 공기가 차갑고 습했다. 1층 주택의 구조상 밖에서 안이 보일 수 있어서 창문마다 커튼을 걸어 두었다. 그래서 아침이나 점심을 먹을 때에도 조명이 필요했다. 그때 우리는 그게 불편하거나 이상하다고 생각하지 못했다. 어둠이 편안했다. 우리는 직업도 소득도 없었으며 왕왕 불면에 시달렸다. 돌이켜보면 그때 우울증을 앓았던 것 같다.

어느 날 D가 돌아오는 결혼기념일에 받고 싶은 선물이 있다고 내게 말했다.

"그 고양이 두 마리를 데려오고 싶어. 얼굴에 점이 있는 고양이만이라도 우리가 데려오면 좋겠어."

친구가 임시로 보호하고 있던 고양이 두 마리의 사진을 D에게 보여준 적이 있었다. 수컷의 얼굴이 오묘하고 독특해서, 이런 고양이는 처음 보는 것 같다며 그에게 내밀었던 것이다. 그때까지 나는 고양이와 함께 산다는 것을 생각해 본 적이 없었다. 고양이가 손을 핥으면 씻어내고 싶었고, 털이 옷에 묻어나는 것도 짜증스러웠다. 하지만 나는 D가 무언가를 구체적으로 요구한 것이 무척 오랜만이라는 사실을 알아챘다. 반드시 응하고 싶었다. 고양이들은 D가 알아서 돌볼 것이다. 나의 동의가 선물이 될 수 있다면 그렇게 하자. 나는 무작정 그의 제안을 받아들였다. 그런 다음 내가 받고 싶은 선물은 무엇일까 생각했다. 엉겁결에 나는 중고차를 알아보자고 제안했다. D 역시 흔쾌히 동의했다. 며칠 뒤 D가 중고 거래 사이트를 샅샅이 뒤져 200만 원이 안 되는 차를 찾아냈다. 준비도 계산도 없이 저지른 일들이었다.

나는 우리에게 욕망이 생겼다는 사실이 기뻤다. 고양이 이름 역시 충동적으로 정해 버렸다. 수컷은 콩, 암컷은 열무. 가장 처음 나온 아이디어는 어부와 농부라는 이름이었는데 성의 없는 이름이라는 생각에 포기하고 말았다. 콩과 열무를 들어올려 처음으로 콩아, 열무야, 라고 불렀던 순간을 기억한다. 털이 보송하게 나불거렸던 것, 내가 이름을 부르든 말든 그저 자신들을 내려놓으라는 듯 완강한 발질을 했던 것, 그 앳된 얼굴과 몸짓을 생각하면 아직도 가슴이 콩닥거린다. 이름을 짓던 날 우리는 다 함께 드라이브도 했다. 고양이에 대해서 잘 알지 못했던 D와 나는, 언젠가 콩과 열무와 함께 차를 타고 바다에 가 볼 수 있을 것이라 기대했다. 그래서 자그마한 고양이들을 차에 태워 보고 싶었다. 그것이 미래의 멋진 드라이브를 위한 시작이 될 것이라고 믿었다. 하지만 콩과 열무는 낯선 환경을 두려워하는 성묘로 자라났고 차는커녕 이불 밖으로도 나오지 못하는 날이 잦았다. 시승식 이후에도 가슴 줄을 구매해 산책을 시도해 보기도 했으나 콩과 열무는 줄을 맨 채로는 한 발짝도 움직이지 않았다. 장차 이들이 겁 많은 고양이가 될 줄 알았더라면, 그때 우리는 이런 무모한 외출을 시도하지 않았을 것이다. 억지로 목욕시키지도 않았을 것이다. 무엇이든 처음을 생각하면 다시 사랑해 보고 싶다는 생각이 든다. 상대에게 빠져드는 나 자신을 알기 위해 시도했던 일들을 떠올리면, 그저 서툴렀다는 생각이 착각이었음을 깨닫는다.

D는 고양이를 돌보기 위해 필요한 것들을 공부해 나가기 시작했다. 고양이를 잘 안고 잘 내려두는 법을 학습했으며 콩과 열무의 행동과 기분을 살피기 위해 노력했다. 그리고 그것을 나에게도 설명해 주고 싶어 했다.

"봐봐. 어미가 새끼의 목덜미를 물기 때문에 이렇게 잡아서 옮기는 것을 좋아할 수도 있어.", "콩이 천을 물고서 손바닥을 쥐었다 폈다가 하는 것은 안정감을 느끼기 때문이래. 이걸 꾹꾹이라고 그런대. 엄마 생각이 나는 것일 수도 있겠지.", "지금처럼 꼬리를 흔드는 것은 귀찮아서 그런 거래."

D는 차분하고 섬세하게 고양이들과 가까워지고 있었다. 가만 보면 열무가 유독 D를 따르고 좋아했다. 열무는 D 곁에서만 온 관절의 긴장을 풀어놓았다. D는 고양이들을 억지로 끌어안는 법이 없었다. 콩이 쫓던 날벌레가 천장에 앉게 되면, 벌레를 병에 가둬 콩의 눈앞에 잠시 가져다 준 다음 창밖으로 날려주곤 했다. 어느 날 D는 현관 앞에서 식빵을 굽고 있는 열무에게 눈을 맞추며 말했다.

"열무는 나를 뭐라고 부를까? 난 그게 너무 궁금해."

집을 나서려던 D가 가방과 겉옷을 바닥에 내려두고 아예 바닥에 앉아 버렸다. 그는 한참 동안 말없이 열무를 쓰다듬었다. 그때 둘의 모습은 둘만으로도 충만해 보였다.

D에 비해 나는 좀더 육감적으로 고양이들을 사랑했다. 고양이가 무엇을 좋아하는지 배운 적은 없지만, 나와 고양이만의 행복을 느껴갔다. 나는 열무의 볼에서 목으로 이어지는 구간을 긁어 주었다. 콩의 손바닥을 주무르고 그 발끝에 내 코를 가져다 킁킁댔다. 배의 털을 결대로 쓰다듬어 주고 아무렇게나 얼굴을 파묻었다. 윗니 아랫니 사이에 내 손가락을 넣었을 때 아플 듯 말 듯 깨물어 주는 자극이 좋았다. 그즈음 나는 불면에서 벗어나고 있었다. 콩과 열무와 같이 자는 낮잠이 달콤했다. 온종일 잠을 자 버릴 때도 있었다.

우리는 중고차를 타고 조금씩 촬영 일을 하러 다녔고 한 줌의 수입도 생기기 시작했다. 그리고 이따금 D와 서로 부서져라 싸웠다. 나는 새로운 친구들을 만났고 또 어느 날은 술에 취한 친구들과 집에 들이닥쳐 자고 있는 D와 고양이들을 깨웠다. 술 냄새를 풍기며 콩과 열무를 들어올려 뽀뽀를 하고 쓰다듬고 또 배에 얼굴을 파묻었다. 잔뜩 취한 나는 D에게, '그래서 지금 내 기분은 어떨 것 같니?'라고 묻고는 혼잣말을 하다가 잠이 들어 버리곤 했다. 그런데도 D는 묵묵하게 일어나 고양이 화장실을 치우고 집 앞 아스팔트 위에 얼어붙은 내 토사물을 뜨거운 물로 녹여냈다. 그때 나는 노여움이 많았다. 가부장제, 역할론, 규칙적인 소득 같은 문제 때문에 내 삶의 기준과 편견이 생기기 시작했으나 내 뜻대로 살고 있지는 않다고 느끼고 있었다.

어느 날 D가 이제 슬슬 중성화 수술을 준비해야 한다고 알려주었다. 수컷의 수술이 좀 더 간단하다고 들었기 때문에 콩의 수술부터 예약을 했다. 넥카라를 하고 퇴원한 콩은 거의 하루 만에 활력을 되찾았다. 그래서 우리는 열무의 중성화 수술 역시 별문제가 없으리라 생각했다. 그러나 암컷의 수술은 회복 기간이 길었고 더 조심스러운 돌봄이 필요했다. 병원에서 돌아와 케이지를 열었는데 열무가 집안 곳곳의 가구나 물건들에 사정없이 자기 몸을 부딪치며 온 집안을 맴돌았다. 그리고 이내 어둡고 좁은 곳에 몸을 숨기고는 울음을 멈추지 않았다. 열무는 나를 제외한 모든 것에 적의를 품었다. 늘 D의 꽁무니를 쫓아다니던 열무였지만 수술 부위가 아무는 동안 D가 접근하는 것을 경계했다. 게다가 콩이 다가가기라도 하면 겁에 질린 신음을 냈다. 신기하게도 열무는 내가 주는 밥만 받아먹었다. 하지만 약을 개어 놓은 묽은 참치를 받아먹으면서도 온전히 삼키지 못했다. 열무는 눈알을 굴리고 하악질을 하면서도, 거의 모든 음식을 턱 아래로 흘리면서도 필사적으로 먹으려 애썼다. 그런 열무를 보면서 나도 모르게 뺨 위로 흐르는 눈물을 연신 닦아냈다. 나는 열무 옆에서 많이 울었고 또 많이 잤다. 새벽녘인지 저녁인지 구분이 안 되는 어스름 속에 깨어나 열무의 얼굴을 계속 쓰다듬어 주었다.

몇 주가 지나자 열무는 스스로 밥을 먹고 뛰어다닐 수 있었다. 하지만 열무는 이전의 열무가 아니었다. 열무의 행동에는 늘 긴장감이 느껴졌다. 콩은 좌우로 주위를 두리번거리면서 자신의 목적지로 걸어가지만, 열무는 재빠르게 이동해서 몸의 방향을 완전히 바꾼 다음 주변을 살폈다. 인기척이 들리면 재빨리 몸을 숨겼다. 잠결에 어떤 소리를 들었을 때도 콩은 잠깐 눈을 떴다가 다시 감지만, 열무는 귀를 앞뒤로 젖혀 가며 온 감각을 곤두세웠다. 나는 그런 열무가 안쓰럽고 또 사랑스러웠다. 열무는 나머지 셋으로부터 귀여움을 독차지하기 시작했다. 열무는 잘 그러지 않지만, 콩은 늘 열무에게 다가가 이마, 등, 귀, 항문을 구석구석 핥아주었다. 나도

콩

D도 열무에게 신경을 더 많이 쓰게 되었다. 콩이 열무를 너무 좋아한 나머지 성가시게 하는 건 아닐지 늘 주시했다. 급기야 열무가 짜증을 내는 정도가 되면 콩과 공간을 분리해 주기도 했다. 그때마다 콩은 섭섭한 기분이 들었을까. 그래도 지금까지 콩과 열무는 크게 싸우지 않고 사이좋게 잘 지내 주었다. 그즈음 우리는 서로에게 익숙한 넷이 되어 가고 있었다. D와 나 역시 엄청나게 많은 대화를 나누며 한 계절을 보냈다. 콩과 열무는 밤마다 우다다를 해 댔으며 하루하루 몰라보게 몸집이 커 갔다. 가끔 콩은 새벽에 책장에 올라가 책을 한 권씩 떨어트리거나, 문 위로 훌쩍 뛰어올라 자고 있던 나를 깜짝깜짝 놀라게 하곤 했다. 그래도 D는 언제나 콩과 열무의 편이 되어 주었다. 좀처럼 잠을 이루지 못한 날에도 그는 이렇게 말했다.

“나는 좀 안심이 돼. 그렇게 뛸 수 있다는 건 우리 고양이들이 건강하다는 거니까.”

우리가 살던 동네에는 길고양이들이 정말 많았다. 집 주변의 고양이들은 한눈에 봐도 영양 상태가 안 좋았다. 이들은 자주 반목하고, 대치하고, 싸워댔다. 집 앞 골목에는 종일 서로를 노려보며 포효하는 고양이들이 있었다. 때로 새벽에는 괴성이 들려오기도 했다. 어떤 고양이가 맞아서 죽어가는 게 아닐까 싶을 정도로 절박하고 날카로운 비명이었다. 이런 종류의 고양이 울음소리는 사람을 잔뜩 예민하게, 또 미쳐버리게 만들 때가 있었다. 견딜 수 없어지면 나는 콩과 열무를 붙잡고 수다를 떨었다. “너희들도 우리가 아니었으면 저 냉혹한 세계에서 펀치를 날려야 해. 지금 이 보일러에, 영양 갖춘 사료에, 고급 화장실에, 너희가 누리는 게 뭔지 좀 생각하고 고마워해 보렴.” 좋은 말버릇은 아니었지만, 나는 이런 식으로 내 고양이들에게 생색을 내곤 했다. 콩과 열무를 돌보는 일은 나의 에너지를 은근히 고갈시켰으며, 가끔은 함께 살기로 한 것이 후회스러워 가슴이 먹먹해지는 날도 있었다. 그럴 때마다 나는 고양이들을 붙잡고 아무렇게나 수다를 떨었다. 콩과 열무의 털을 빗겨 주고, 냄새가 밴 화장실을 씻고 말리고, 귀를 닦아 주고, 이를 닦아 주는 일, 값비싼 애플 케이블이 끊어져 새로 (여러 번) 사는 일, 두툼한 이불에 밴 오줌을 씻어 내는 일, 바닥에 흥건한 헤어볼을 훔쳐 내는 일…, 그런 일들을 하면서 혼잣말을 했다. 그러면서 나는 내가 어떤 인간인가에 대해서 자주 생각하는 사람이 되었다.

과학을 전공했던 D는 이따금 부실한 장치로 미미한 효과를 발견하는 것을 즐거워했다. 이를테면 종이 깔때기와 감식초로 초파리 덫을 만들거나, 끼어버린 그릇을 온도 차를 이용해 분리해 내거나, 과산화수소로 썩은 식물 뿌리를 재생시키거나……. 어느 날 D는 버려진 스티로폼, 은박 시트, 거울을 가져와 볕 한 조각을 위한 설치물을 만들기 시작했다. 내 눈에는 익숙한 미술 작업 같아 보이기도 했고, 'D가 버려진 사물로 제법 아름다운 포즈를 만들었구나.'라고 생각하기도 했다. 그는 몇 번의 실험 끝에 옥상에 살짝 걸리는 빛을 세 지점에서 굴절시켰고, 결국 빛 한 조각을 집 안에 들여놓는 데 성공했다. 이맘때 우리는 간절하게 양지를 찾아 헤맸다. D가 설치한 반사판 때문에 콩과 열무의 동공이 최대로 얇아진 모습을 자주 볼 수 있게 되었다. 그리고 낮에 커튼을 쳐 두지 않아도 괜찮다는 걸 알게 되었다. 환한 길거리에서 어두운 집 내부가 자세히 보일 리가 없다는 것. 밝은 곳에 있으면 어두운 곳이 보이지 않는다는 것을 알게 되었다. 나는 그날 D가 끌어 온 빛을, 창문을 관통하던 그 빳빳한 빛을 기억한다. 바람의 그림자가 된 듯 빛 조각이 너울거릴 때 콩과 열무가 그것을 잡아보려 애쓰던 손짓을 기억한다.

전화할 때마다 엄마가 고양이를 산에 갖다 버리면 안 되느냐고 물었다.

"고양이는 버렸니?"

"아니."

어느덧 카카오톡 대화 화면이 '고양이는?'으로 가득차기 시작했다. 시골에서 나고 자란 그녀에게, 고양이가 집에서 살아간다는 것은 인간이 고양이를 괴롭히는 일이자 고양이가 인간의 건강을 위협하는 일인 듯했다. 그녀는 늘 이렇게 말했다.

"동물은 밖에서 살아야지. 그게 순리다. 야생으로 살아야 할 동물을 길들이고 식성을 바꾸는 일은 어리석은 짓이야."

어느 날 그녀는 미국 어딘가에서 죽은 아이를 부검했더니 폐에 애완동물의 털이 가득 차 있었다는 해외 뉴스를 보내주었다. 그리고 내 폐에 털이 쌓이는 상상을 멈출 수가 없다고 했다. 나는 그녀의 톡에 도심 골목에서 쓰레기봉투를 뒤져 총각무를 물고 가는 고양이 사진으로 답신했다. 모든 고양이가 시골에서 살고 있지 않으며 거의 모든 곳이 도시화되는 세계에서 이제 고양이가 인간과 함께 사는 것이 순리라고 써 보내고 싶었지만, 그런 설명은 쓰다가 지웠다. 그건 그녀에게 너무 복잡할 것 같았다. 그러나 D는 늘 그다운 방식으로 그녀와 대화하기를 포기하지 않았다.

"어머님, 원래 인체 구조상 털이 비강을 지나서 폐로 흘러간다는 게 쉽지가 않아요. 기도면 모를까. 콧구멍도 작은데 기관을 타고 털이 폐에 들어가서 쌓인다는 건 말이 안 되죠. 이렇게 입자가 큰 털이 어떻게 폐에 쌓이겠어요?"

그녀는 부끄럽다는 듯 입을 가리고 웃으며 말했다.

"신 서방은 어떻게 모르는 게 없어요."

아마도 그녀는 D의 설명을 온전히 이해하지 못했을 것이다. 하지만 나는 그녀가 그저 'D의 말'을 좋아했다는 것을 알고 있다.

고양이를 버리든 말든 여하튼 열심히 고개를 끄덕이던 그녀의 표정을 기억한다. 그녀는 때로 나보다 더 D를 좋아하고 존경하는 눈빛으로 D를 바라봐 주었다.

D의 부모는 나의 부모와 달리 콩과 열무를 예뻐하고 또 잘 만져 주었다. 그들은 털 관리나 식사 조절을 어떻게 해 주는지, 고양이가 하루에 몇 시간 잠을 자는지, 그런 것들을 묻고 대화하길 좋아했다. 고양이의 자세나 꼬리 모양의 변화를 무척 신기해하기도 했다. 언젠가 나는 D의 어머니에게 고양이가 꼬리 흔드는 것을 반갑다는 뜻으로 여기는 것은 오해이며, 외려 개와 반대라는 이야기를 해 드린 적이 있다. 그때 그녀가 칠십 평생 그 사실을 처음 알게 되어 기쁘다는 듯 환하게 웃었던 것을 기억한다. D의 부모님은 전라도 방언을 쓰시는데 우리 고양이들을 '저것들, 이것들, 갸네들'이라고 부른다. 그래서 '갸네들은 잘 지내냐?' 이런 식으로 콩과 열부의 안부를 물어보곤 하신다. 이런 호칭이 콩과 열무를 식구로 인정해 주는 것 같아서 좋았다. 하지만 그것은 내 생각일 뿐, D의 아버지는 이 귀여운 것들을 동원해 우리를 심란하게 만들기도 했다. 언젠가 그는 콩을 무릎 담요에 싸서 아기처럼 품에 안고 말했다.

"생명이라는 게 이렇게 귀엽고 또 신기하지 않니?"

담요 사이로 얼굴만 내놓은 콩이 그의 품에서 버둥거렸다. 그가 흡족한 미소를 지어 보였다. 그의 오래된 소망이 이 어색한 상황극으로 전달되고 있음을 알아챈 우리는 민망한 얼굴로 서로를 쳐다봤다. 마침 좋은 타이밍에 콩이 그의 품을 박차고 나왔다. 그리고 집에서 제일 높은 가구 위로 보란 듯이 훌쩍 뛰어올랐다. 이뿐 아니라 몇 번이나 더 어색한 상황이 있었지만 콩은 그때마다 지루할 틈 없는 재롱을 부려 주었다. D의 부모님과 있을 때 콩과 열무도 함께 있으면 무사히 시간이 흘렀다.

함박눈이 내리던 초봄이었다. 우리는 종로로 이사했다. 빛이 잘 드는 집을 찾는 것도 중요했지만, 서울 외곽에서 중심으로의 이동이 우리에게 많은 영향을 끼쳤다. 대충 짐을 부려 놓고 콩과 열무를 내려 두는데, '이제 둘은 성묘가 되었구나. 아깽이가 아니구나.' 이런 생각이 스쳤다. 새 집에 적응하는 동안에는 더 확실한 성장을 인지할 수 있었다. 웬만한 호기심은 사라지고 눈빛이 변하기 시작했다. 수염이 풍성해지고 꼬리가 길어졌다. 어릴 때 비해 수면 시간이 엄청나게 늘어났다. 콩과 열무는 십 대 아이 같은 잠꼬대를 해댔다. 안타깝다는 듯 앓는 소리를 내기도, 앞발과 뒷발을 허공에서 격렬하게 휘젓기도 했다. D와 나는 각자 일 때문에 바쁜 나날을 보냈다. 인스턴트를 먹으며 밤을 새우는 날도 허다했다. 그때마다 콩과 열무가 우리 곁을 지켜 주었다. 꼬리로 앞발을 감싼 자세로 몇 시간이고 눈만 감았다 떴다 하면서 앉아 있곤 했다. 피곤이 몰려오는 새벽에 오도독오도독 사료 씹는 소리를 듣고 위안을 얻기도 했다. 어둠 속에서 밥을 먹는 콩과 열무를 보면서, 고양이들이 잘 먹고 잘 자라도록 밥벌이를 하고 있는 나에 대한 자긍심을 느끼기도 했다. 정말 일이 많을 때는 잠들기 직전에야 며칠째 화장실 청소를 못 해준 것이 생각나곤 했는데 반성하고 자책하면서도 몸을 일으킬 수는 없었다.

"다른 집사들은 애들이 용변을 보면 바로바로 청소해주고 그런대. 우리 잘하자."

우리는 거의 매일 밤 "내일은 꼭 똥 치워 줄게."라고 읊조리며 잠자리에 들었다. 다행히 지금까지 콩과 열무가 크게 아프거나 병원에 가야 하는 상황은 없었다. 콩과 열무의 기운찬 오줌 소리에 늘 안도하고 또 감사하게 생각한다.

열무

열무는 점점 D만 좋아하고 D 곁에서만 잠을 청했다. 물론 나를 기피하지는 않지만 둘에게는 둘만의 세상이 있는 것 같다. D와 나는 각자의 침대를 사용하는데 그리 크지 않은 일인용 침대라 성인 남성인 D가 누웠을 때 썩 넉넉한 크기가 아니다. 그래도 열무는 그의 침대를 선호한다. 모서리에 걸쳐 눕더라도 꼭 D의 곁에서 잠들고 일어난다. D 역시 열무를 깔아뭉개는 일이 없도록 조심스럽게 몸을 움직인다. 둘은 여러 불편을 감수하면서도 서로의 곁을 지킨다. 내 생각에 열무는 진정 D를 사모하는 것 같다. 특히 D가 설거지를 하고 있을 때 열무는 D의 발치를 맴돌고, 꼬리를 떨고, 야릇한 소리를 내고, 얼굴을 비비며, 어쩔 줄을 몰라 한다. 고양이를 잘 모르는 사람이 봐도 저 고양이가 저 인간을 굉장히 좋아한다고 직관적으로 해석할 수 있는 그런 행동들이다. 집에서 D는 거의 침대에 누워 책을 읽는다. 그러면 열무가 그의 허리춤에 자리를 잡고 눕는다. 콩은 그렇게 누워 있는 열무 귀를 핥아주기 위해 그의 침대로 이동한다. 셋이 좁은 침대에 엉겨붙어 있는 모습을 보고 있자면, 그나마 청결이 유지되는 내 침대가 다행스럽다. 나는 솔직히 아직도 털 때문에 불쾌함을 느낀다. 내가 그런 생각을 하고 있는 걸 알고 있다는 듯 D가 말한다.

"왜. 내 침대가 너무 동물 우리 같고 그러니?"

그렇게 말하는 D 옆에서 얼굴 세수를 하다가 멈춘 열무의 미모가 빛난다. D는 특정한 때가 아니면 콩과 열무의 외모를 다듬어 주지 않는다. 하지만 나는 필요가 보일 때마다 그때그때 몸단장을 시켜 준다. 눈곱을 떼어 주고, 털을 빗겨 주고, 이를 닦아 준다. 그래서일까. 애들이 점점 내 곁엔 잘 오지 않는 것 같다.

나와 콩은 몸동작도 크고 벌러덩 자빠져 있는 것을 좋아해 서로 엉겨붙어 있는 스타일이 아니다. 우리는 각자 떨어져 잠을 자고, 아침이 되면 콩이 내게로 다가온다. 내 발바닥에 자신의 코를 문대어 내 체온보다 차가운 콧물이 느껴지도록 해 나를 깨운다. 때로 팔뚝이나 팔꿈치를 깨물기도 한다. 밀어내면 더 달려들기도 한다. 내가 아침 커피를 마실 때 콩은 내 무릎에 앉아 한참을 골골거린다. 나는 종종 몇 개월씩 해외 레지던시를 다녀오기도 했고, 엄마 병간호를 위해서 오랫동안 집을 떠나 있기도 했다. 그때마다 콩은 나를 기다려줬다. 그게 언제든 돌아오기만 하면, 콩은 나를 격하게 반겨 주었다. 현관문 앞에 배를 드러내고 좌우로 구르는 그만의 환영식을 열었다. D와 내가 화상 통화를 할 때도 콩은 늘 D 가까이에서 내 목소리를 듣는 것 같다. 가끔은 정말로 화면을 툭툭 치기도 한다. 엄마가 돌아가시고 슬픔에 빠져 있을 때 내게 지속적인 응원을 보낸 것도 콩이었다. 그즈음 콩은 나를 가만두지 않았다. 자고 있으면 다가와 단호한 울음소리를 내고, 발가락을 깨물고, 배 위에 올라와 식빵 굽는 자세를 취했다. 그때 콩은 나에게 '일어나.', '힘내.', '이렇게 누워만 있으면 엄마가 좋아하겠어?' 이런 응원과 잔소리를 끊임없이 했던 것 같다. 콩이 내 슬픔을 눈치챘는지는 알 수 없지만, 나는 정말로 콩 덕분에 몸을 일으킬 수 있었다. 나는 콩이 솜방망이 같은 손으로 내 눈두덩을 두드리던 감촉을, 나를 일으켜 세우려던 그 의지를 절대 잊을 수 없을 것이다.

D와 나는 이따금 콩과 열무의 죽음에 대해서 대화를 나눈다. 둘 중에 누가 먼저 세상을 떠나게 될지, 그게 몇 년 뒤가 될지, 마지막 순간에 어떤 작별을 하게 될지, 또 그 다음은 어떨지.

"열무와 콩이 세상을 떠나고 나면 우리가 다른 고양이를 키우게 될까?"

"아니."

"그렇지. 우리는 고양이를 좋아하는 게 아니라 열무와 콩을 좋아하는 거니까."

"다른 고양이와 다시 살게 된다는 건 상상이 안 되지. 열무랑 콩이 똥이니까 치워주고, 걔네 털이니까 참지. 아마 다른 고양이의 배설물과 털은 용납이 안 될지도 몰라."

콩과 열무와 함께하지 않았다면 나는 어떤 인간이 되었을까. 나는 가끔 호기심 많은 두 사람이 맨홀 뚜껑을 두드려 보다가 구멍 속으로 빠지는 꿈을 꾼다. 그리고 고양이 두 마리가 구멍에 빠져 있는 두 사람을 지그시 바라본다. 나는 내 꿈의 이미지처럼 콩과 열무가 우리를 구멍에서 꺼내 주었다고 믿는다. 덕분에 불행에 굴복하지 않을 수 있었다고, 잠식되지 않을 수 있었다고. D와 같이 살지 않았다면 나는 어떤 인간이 되었을까. 아마도 고양이를 모르는 인간으로 살고 있을 것이다. 다음 생이 있다면 전생을 굽어보는 고양이로 햇살이 가득한 마을에서 태어나고 싶다. 해 뜨는 쪽을 향해 자주 고개를 돌리는 고양이로 살게 되기를. 콩과 열무, D에게, 나는 이제 어엿한 고양이가 되었노라고 안부 전할 수 있기를.

차재민

서울에서 영상 작업을 하는 미술 작가다. 2년마다 영상 하나씩 만들면 참 좋겠다고 생각하며 살고 있다. 반려묘 콩과 열무, 반려인 D와 함께 종로에서 살고 있다.

3

눈물 냄새를 맡는 고양이

1.

'멜랑콜리Melancholy'[1]라는 주제를 파고들며 여러 도서들을 탐독한 지 몇 달쯤 지났을 때였다. 내 시야로 걸어 들어와 머리통을 들이미는 쥬니를 봤는데, 바로 그의 눈에 토성이 있었다. 머나먼 별, 금빛이 나는 특유의 흙색에 신비한 고리를 가진 그 노오란 행성. 그 행성의 중심엔 빛에 따라 작아졌다 커졌다, 조여졌다 풀렸다 하는 동공이 있고, 그 속의 조리개가 깊이를 알 수 없는 웜홀Wormhole[2]처럼 내 시선을 고정시켰다.

---

1. 인간의 기본적인 감정의 일종으로, '우울' 또는 '비애'에 해당한다. 중세에는 점성술이 더해져 멜랑콜리의 원인이 화성이나 토성과 같은 혹성과 관계 있다는 설도 있었다. 멜랑콜리가 각광을 받은 것은 르네상스기 이후로, 천재성과 멜랑콜리의 관계가 사상가나 예술가 사이에서 널리 받아들여졌다. (이하 각주 모두 네이버 지식백과 참조.)

2. 우주에서 먼 거리를 가로질러 지름길로 여행할 수 있다고 하는 가설적 통로.

인간이 제멋대로 지어낸 이야기가 한두 가지일까. 그 중 단연 헛소리인 것들이 신화인데, 인간은 세상의 여러 가지 성질을 신화와 연관지어 별자리와 생년 일시로 분류까지 해 놓았다. 그 허무하고 황당한, 그래서 어리석은 내가 자꾸만 탐독하고 몰두하게 되는 것들. '우울질Melancholio'[3], '사투르누스Saturn'[4]가 이렇게나 가까이 있었다니. "와-웅" 간간히 내 귀를 울려 주고, 잠이 들 때면 궁둥이로 내 허리와 겨드랑이를 파고들어 체온을 나누는 네가, 세상을 바라보는 눈에, 토성을, 심지어 두 개나 지니고 있었구나. 나는 토성에 비친 내 얼굴을 물끄러미 쳐다봤다.

끊임없이 스스로 질문하게 하는 다소 잔인한 과정의 예술학교 수업방식은, 부모를 떠나 처음으로 혼자 나와 살기 시작한 나에게 방대하고 강압적인 생각할 시간을 감당케 했다. 이전에 해보지 못한 무겁고 근본적인 고민들이 매주 수차례에 걸쳐 갑작스럽게 던져졌고, 순발력 있게 토스하기는커녕 그냥 온몸으로 맞아야 했다. 그렇게 여러 학기를 보내며 감정 기복은 점점 심해져, 하루는 바닥으로 지하로 떼굴떼굴 구르고, 또 다음날은 공중에서 방방 날아다니는 기분을 느꼈다.

3. 히포크라테스는 인간의 체액을 혈액·점액·담즙·흑담즙으로 분류하고 네 가지 체액 중 지배적인 체액에 따라 기질이 결정된다고 보았다. 우울질은 흑담즙이 지배적인 경우로서 여러 기질 가운데 가장 신중하고 민감하며 일반적으로 음악·미술·운동 등의 예술 분야에 뛰어나다. 잘 감동하고 상처받기 쉬우나 사려 깊고 창조적이며, 분석력이 뛰어나고 완벽주의자적인 성향이 있다.

4. '씨를 뿌리는 자'라는 뜻. 사투르누스의 축제를 사투르날리아Sāturnālia라고 하며, 처음에는 씨를 뿌리고 그 씨앗의 발아성장과 그 해의 풍작을 비는 제사였던 것으로 보인다. 고대 문헌상에 나타난 사투르날리아는 로마시 전체가 축제 기분에 젖어 떠들썩한 날로, 모든 공공업무를 쉬고 전체 시민이 환락으로 밤과 낮을 보냈다고 하는데, 이를 크리스마스 축제의 원형으로 보기도 한다. 또한 이 이름은 행성의 이름(Saturn:토성)과 요일의 이름(Saturday:토요일)에 그 흔적을 남기고 있다.

그 시기 알브레히트 뒤러의 에칭 도판 〈멜랑콜리아 IMelancholia I〉[5]는 이리저리 휘둘려 헝클어진 머리채에 질서를 만들어 줄 정교한 머리빗처럼 느껴졌다. 그 그림을 시작으로 멜랑콜리에 인접한 단서가 되는 텍스트들을 샅샅이 뒤졌는데, 스스로 심각한 수사 과정 중인 탐정의 눈빛을 연기했지만 실은 산더미 같이 쌓인 못생긴 옷들 중에서 간간이 건질 만한 옷을 집어내는 작업이었다. 거의 반은 이해할 수도, 어렴풋한 느낌을 가질 수도 없는 글들을 눈으로만 훑어 통과시키기 일쑤였다.

그렇게 멜랑콜리에 빠져 가을 학기를 통으로 보내고, 기나긴 겨울 방학을 지나 봄이 되기까지, 답답한 마음에 〈멜랑콜리아 I〉을 유화로 그려보기도 하고, 그때의 내 마음을 미지의 모양인 덩어리로 형상화해 보기도 하고, 토성과 멜랑콜리와 더불어 낭만주의를 분석하며 다양한 알레고리들을 넣어 나만의 도판을 수십 장 그려보기도 했다. 이렇게까지 하며 끝끝내 쥐고 싶었던 것은 어쩌면 〈멜랑콜리아 I〉 도판 속 타락 천사의 찌푸린 미간과 거울 속에 비친 나의 민둥한 미간 사이의 어느 정도의 연관성, 그로 인한 유치하고 비밀스러운 우월감이 아니었을까.

사실 문제는 단순했을 것이다. 나는 매주 내가 무슨 생각을 했는지 모두에게 말하고, 그 내용을 논리적으로 설득시켜야 했고, 그러려면 꽤나 복잡한 밀도에도 불구하고 쾌감을 줄 만한 명료한 인과관계가 짜여야 한다고 생각했다. 마주하는 사소한 문제들에 관해 전부 질문하는 단순한 방법을 주로 사용했던 나는, 대부분 그 질문의 끝에 분노를 표출했다. 결국 해당 질문 자체에 대해 '대체 왜 그래?',

---

5. 알브레히트 뒤러의 3대 동판화 가운데 하나로 뒤러의 정신적 초상일 뿐 아니라 근대 예술가 일반의 자화상이라고 할 수 있다. 연금술, 도상해석학 등 다양한 관점의 해석에도 불구하고 궁극적인 작품의 주제는 수수께끼로 남아 있다.

알브레히트 뒤러, 〈멜랑콜리아 I〉, 동판화, 24 × 18.8cm, 1514. (출처: 위키피디아)

'그래서?' 같은 신경질적인 결론이 나는 것이다. 그때 내가 배우고 있다고 착각했던 예술은 그런 것이었다.

내 감정 상태가 바닥을 칠 때마다 쥬니는 종종 나에게 다가와 눈물 냄새를 맡았다. 그런 쥬니의 눈을 보다가 토성을 발견한 것이다. 쥬니가 눈물 냄새를 맡는 것은 '가르침'도 '위로'도 아닌 '확인'이었을 것이다. 나의 눈이 촉촉한지, 세상의 무슨 형상이든 망막에 맺힐 수 있는 건강한 상태인지에 대한 확인 같은 것 말이다.

2.

고양이의 눈을 아무 생각 없이 뚫어져라 보며 지내는 것은 그 자체로도 고양된 만족감을 준다. 아마 내가 아는 고양이들 중에 제일 예민할 것으로 예상되는 쥬니는 익숙한 작은 소리에도 민감한 편으로, 나와 지긋한 눈빛 교환이 가능했다는 것은 주변이 고요하고 서로가 온 마음으로 편안할 때였다는 뜻이다. 이렇게 우리를 둘러싼 공간, 특히 우리가 동침하는 널찍한 퀸 사이즈 침대는, 나에게는 인생의 3분의 1, 쥬니에게는 묘생의 3분의 2를 한참이나 초과하는 13년이라는 시간 동안 동일 생태계이자 둘 만의 우주였음이 틀림없다.

쥬니는 옆으로 누운 나의 몸에 내 배꼽 방향으로 뒷다리를 쭉 편 채로 밀착시켜 잠을 잔다. 자면서 기지개를 켜고, 또 조금씩 움직이며 나를 점점 벽으로 미는데, 그러다 깨보면 나는 벽에 붙어 옴짝달싹 못하고 있고, 쥬니는 이미 침대의 센터에 자리 잡은 채, 자는데 왜 뒤척이냐는 표정으로 실눈을 뜬다. 이럴 때 보면 방구석 생태계에서 나는 자주, 정기적으로 오래 다녀가는 객식구이고, 쥬니가 이곳의 주인이라는 생각이 든다. 쥬니 입장에서 이 무례한 객식구는 어느 날 자신을 예고 없이 다른 행성으로 이주시키기도 하고, 주기적으로 무서운 곳에 데려가 오줌을 지리게 만드는 이해 불가능한 동거인일 것이다. 그럼에도 불구하고 다시 침대라는 동일 생태계를 공유하며 사는 애증의 관계가 아닐까.

무엇을 수호한다는 것은 그렇게 거대한 것이 아닐지 모른다. 내가 고양이에게 매력을 느끼고 늘 배우고 싶어하는 특징 중 하나는 자기 자신을 스스로 지키는 태도다. 예를 들어 위기 상황이 왔을 때 집사의 품으로 뛰어드는 것이 아니라 평소 잘 알고 있는 집구석의 은신처로 들어가는 현명함. 모든 것은 관계되어 있고, 더 나아가 연대하고 있지만, 스스로를 지키지 못하면 그 관계도 지키지 못하는 무모한 희생에 대한 역설이랄까.

어느 날 밤이었다. 맥북 스크린을 사이에 두고 마주앉은 쥬니와 나는 조용하지만 시끌시끌한 각자의 명상에 빠져 있었다. 그때 현관 복도에서 큰 소리가 들렸는데, 쥬니가 놀라 내 눈을 딱 하고 보는 것이었다. 물론 그 소리가 끊이지 않자 쥬니는 자기 자신을 지키기 위해 침대 밑으로 기어들어가 버렸다. 조금 머쓱할 정도로 빠른 생존 판단력이 곧 귀엽고 사랑스러운 자기 자신을 스스로 지켜내는 것이 아닌가 싶었다. 쥬니에게 강아지들의 절절한 희생정신을 기대할 수는 없겠지만, 내가 부재한 상태의 위기 상황에서도 저렇게 스스로를 지키겠구나 하고 안도하게 되었다.

평생을 집에서 산 쥬니에게 묘생의 위기는 방광염이 재발해 병원 끌려가기, 마당에 놀러나갔다가 대장 고양이에게 머리통 얻어맞기 등 대부분 자신의 안전한 집을 떠나는 것이었다. 그런데 그 집, 집 안에서도 우주라고 여기는 침대가 얼마 전 공격을 받았다. 새벽의 허리, 쥬니가 자는 나를 몇 번씩이나 깨워 침실을 벗어나 책상이 있는 방으로 유도했다. 밥이 없나 해서 보면 있고, 또 깨워 일어나 물이 없나 해서 보면 있었다. 나이가 많아져 치매에 걸렸나, 자꾸만 깨워대는 쥬니 탓에 한 번만 더 깨우면 목소리 깔고 성질을 부려줘야겠다고 벼르고 다시 눈을 감았다. 또다시 시작된 쥬니의 "와웅!" 소리에 대답을 하지 않고 잠에 들려는 순간, 큰 굉음과 함께 무언가가 침대를 덮쳤다. 너무 놀라 누운 채로 3초 정도 몸이 굳었다가 늦은 비명을 무지하게 질렀던 것 같다. 윗집이나 옆집에선 아마 우리집에 강도라도 든 것으로 착각하기에 충분했을 충격과 공포의 비명이었다. 침대와 마주보는 벽면에 1년 전쯤 시공했던 드레스행거 선반 전체가 벽과 분리되면서 앞으로 쏟아진 것이다. 큰 쇳덩이 선반들과 기둥이 나의 우주, 쥬니의 우주를 습격했다. 다행히 내 몸은 무사했지만, 이를 파악하는 동시에 머릿속에 스친 것이 쥬니였다. 아무리 불러도 대답이 없어 엉망이 된 침실을 허둥지둥 뒤졌다. 평소 잘 숨는 침대 밑으로 기어들어가 봤지만 없었고, 책상 있는 방에 가보니, 책상 밑에 온몸을 웅크리고 벌벌 떨고 있었다.

쥬니는 행거가 쏟아질 것을 알고 있었나 보다. 나는 자연 다큐멘터리에서 봤던 토네이도, 홍수, 지진 같은 대자연이 만드는 위기를 먼저 감지하고 열심히 움직이는 개미 떼, 갑자기 몰려 붉은 바다를 만드는 플랑크톤들, 철새들의 기이한 비행 방향 등이 떠올랐다. 쥬니는 역시 고양이라서 우리 생태계의 위기를 나보다 먼저 알아챘구나. 그 사실을 나한테 어떻게든 표현하려 했던 거였구나. 누나 거기 계속 누워 있으면 안 될 것 같다고, 나랑 저 방으로 가자고 와웅 와웅 소리친 거였구나. 더불어 자기 자신을 최우선으로 지켜내는 쥬니는 알고 보니 나의 생존에도 관심이 있었구나 느꼈다. 결국 내가 지켜주고자 하는 존재로부터, 나 자신이 수호되고 있는 것이었다.

3.

나는 '공감'이라는 말이 거짓이라고 느껴질 때가 있다. 나를 공감한다며 건네는 위로의 말이 오히려 비수로 다가와 몇 년을 괴롭힐

때, 힘겨운 시간을 지나 비로소 스스로를 믿고 한 발자국 내미는 순간, 뻔하다는 표정으로 뱉는 충고에 곤두박질치는 자존감. 그렇게 인간끼리는 언어로 많은 위대한 것들을 만들어내지만 또 많은 소중한 것들을 깨부숴 버린다. 사람은 확실히 혼자서만은 살 수 없고, 그렇기 때문에 언어라는 것은 필수가 되었지만, 말로 하는 공감이나 위로는 허황된 연대일 수 있다.

쥬니와 나는 말이 안 통한다. 사실 나는 아직도 13년을 같이 살아온 쥬니의 마음을 잘 모르겠다. 그러나 가끔 쥬니의 편안함과 행복이 확실하게 느껴지는 모습을 볼 때 나도 행복감을 느끼고 편안하다고 생각한다. 이 부분은 쥬니 입장에서도 마찬가지일 테지만 우리는 서로에 대해 잘 안다고 함부로 말하지 않는 것이 어쩔 수 없이 가능한 사이인 것이다. 내가 봐온 고양이들은 함께 살기 위한 약간의 교육은 가능하나 명령은 통하지 않는다. 비닐을 씹어 먹지 말라고 수년째 부탁해도 사부작사부작 비닐을 핥는 소리가 심심치 않게 들리고, 목욕은 죽는 게 아니라고 아무리 설명해 줘도 세상이 떠나가라 울고, 병원에 가는 건 쥬니가 아픈 곳을 낫게 하기 위해서니 가야 한다고 말해도 문 밖에 나서기도 전에 오줌을 지린다. 내가 쥬니를 이해하지 못하는 만큼 쥬니도 나를 이해하기 힘들 테지만, 나에게서 보이는 확실한 편안함, 확실한 슬픔은 함께 느낀다. 그리고 더 중요한 것은 서로의 편안과 슬픔에 어떠한 첨언도 하지 않는다는 사실이다. 자신의 토성을 보여주며 눈을 맞추는 것으로 충분하다.

그러니까 '위로'와 '행복'은 그저 옆에 함께 있어 주는 것, 혼자가 아님을 느끼게 해 주는 것일지도 모른다. 인간과 인간 사이에선 그것이 참으로 어려운지 오히려 가만히 있어 주는 것이 미덕이 되기도 한다. 결국 망한 세상에서 구원은 셀프, 연대는 부동의 침묵보단 조용한 행동, 그리고 위로란 말만 던지는 게 아니라

"끄응"하고 살 맞대어 체온을 나누는 게 아닐까.

4.

쥬니와 함께 살며 나는 인간임에 어쩔 수 없는 근본적인 죄책감에 자주 시달린다. 생태계라는 깨뜨릴 수 없는 법칙 안에서 포식자도 생존을 위해 사냥을 한다. 그는 누군가에겐 천적이지만 다른 누군가에겐 가장 쉬운 사냥감이다. 나는 지구 최상위 포식자로 태어나버렸다. 그래서 이런 예외 없는 생태계의 법칙을 남의 일인 양 바라본다.

코끼리, 북극곰, 악어, 고래는 한 번의 몸짓으로 인간의 신체를 뭉개버릴 수 있다. 하지만 상아 때문에 사냥 당하고, 온실가스로 터전을 잃고, 산 채로 가죽이 벗겨져 가방이 되고, 수족관에 가둬져 평생을 나오지 못한다. 어떤 이는 지능과 교감을 이야기하며 개와 고양이의 눈빛에만 반응하고, 반가운 비 소식에 땅에서 나온 달팽이는 쉽게 밟는다. 바다거북 코에 박힌 빨대를 보고 더 이상 빨대는 쓰지 않겠다며 플라스틱 컵에 든 커피를 입으로 마시는 사람, 매년 여름마다 살기를 띤 눈빛으로 모기를 학살하면서 길고양이들의 배고픔에 깊이 공감하는 나는 어쩔 수 없는 인간이다. 모피 코트는 매년 생산되고, 그것들을 구매하며 과시하는 사람들을 목소리 높여 비판하지만, 소고기 패티가 두툼한 버거는 별 생각 없이 맛있게 먹는다. 외국인이어서 또는 장애가 있어서 끔찍한 일을 겪는 사람들의 이야기에 '화나요'를 누르고 인상만 찌푸리지만, 젊은 여성이 겪는 차별에 대해선 실로 분노하며 더 나아가 경고를 표하고 법적인 절차까지 생각해낸다. 그렇게 모두가 평등해야 한다고 생각하지만 나 또한 그렇지 못하다는 것을 매번 깨우치고 허탈하게 받아들인다.

심지어 미술 작가인 나는 오늘도 쓰레기가 될 것이 확실한 무언가를 만들었고, 일정 기간의 작업 시간 내에 생산되고 있는

작업량이 부족하다고 느끼면 자아가 무너질 듯이 불안해한다. 그나마 문제의식과 경각심을 갖고 실천하려는 사람들은 많아졌지만 실상은 만족스럽게 변화되지 못하고 있으며, 그래서인지 언젠가부터는 세상에 걱정이 많은 가해자들만 많아졌다. 더이상은 무시할 수 없는, 인간이 발생시키는 모든 문제가 지구의 자정 능력에 슬슬 고장을 일으키며 걷잡을 수 없는 상태를 불러왔다.

최근 코로나 바이러스로 인해 인간의 활동에 제약이 생기자 육지와 해양의 움츠러들었던 생명들이 서서히 다시 나타나고 있다. 그들이 사람 없는 해안가로, 한적한 도심 속의 둥지로 돌아오는 것을 보며, 생명체가 같이 살아가는 것은 무엇일까 생각해본다. 이미 세상은 인간중심적이다. 우리는 이 사실을 자주 의식해야 한다. 인간 안에서도 서로가 동등하지 못하기에 강조되는 '인권'처럼, 동물을, 식물을, 산을, 바다를, 더불어 보이지 않는 대기를 존중하고 동등해지기를 추구해야 한다. 또 동물이든 식물이든 사람이든, 지구 위의 한낱 유기물들 중 하나로서 서로의 역할과 위치가 언제든 바뀔 수 있다는 것을 염두에 두는 사고의 유연함도 필요하다. 기후 변화, 자원고갈과 그에 따른 신생 에너지생산 문제는 더 이상 남의 일인 양 모른 체할 수가 없으니까.

5.

비행 20시간이면 내가 출발한 곳으로부터 지구 반대편에 도착하기에 충분하다. 작다면 작고 넓다면 넓은 이 지구에서 우리는 어떻게 공존할 수 있을까 고민해본다. 나와 쥬니는 같은 공간을 공유하지만, 각자의 사생활이 있다. 나는 쥬니에게 바라는 것이 없다. 그저 건강하고 행복하게 함께해 주길 바란다. 그렇다면 쥬니는 나에게 바라는 것이 뭘까?

늘 똑같고 단순해 보이지만 쥬니는 그만의 일상에서 욕망을 추구하고 또 충족하며 한 살 두 살 나이가 들었다. 해 준 게 없는데 한 줌도 안 됐던 3개월 고양이가 이제 7킬로그램이 넘어 다이어트를 걱정하고 있으니 말이다. 혹시라도 내가 잊으면 줄기차게 울어대면서 밥을 내놓으라고 하고, 늘어지게 잠을 자며 쓰지 않을 에너지를 비축하고, 몇 번의 고난이 있긴 했지만 여전히 모래를 야무지게 파서 배설물을 내보내는 꾸준함, 그것이 그의 기골을 장대하며 육중하게, 또 현빈처럼 잘생기게 만든 게 아닌가. 총 네 번의 이사와 셀 수 없는 사람들의 배려로 가능했던 방문탁묘, 이동탁묘를 거친 13년의 삶이었다.

나의 20대의 시작에 나타난 외계인. 쥬니는 내가 가장 신비로워하는 행성을 두 눈에 품고 권태로운 아름다움, 우울 속에서 태어나는 창조력, 행복해도 흐르는 눈물을 알려줬다. 먹이를 똥으로 만드는 존재로서의 동질감으로 한 집을 공유하며, 침대라는 하나의 우주를 서로에게 양보해 추울 때는 온기를 나누고 더울 때는 서로가 침대 밖으로 떨어지지 않을 정도의 거리를 뒀다. 이렇게 쓰다 보니 쥬니도 나의 건강과 행복함을 바라는 것 같다. 가끔 보면 쥬니가 나를 사랑하는 것 같긴 하다.

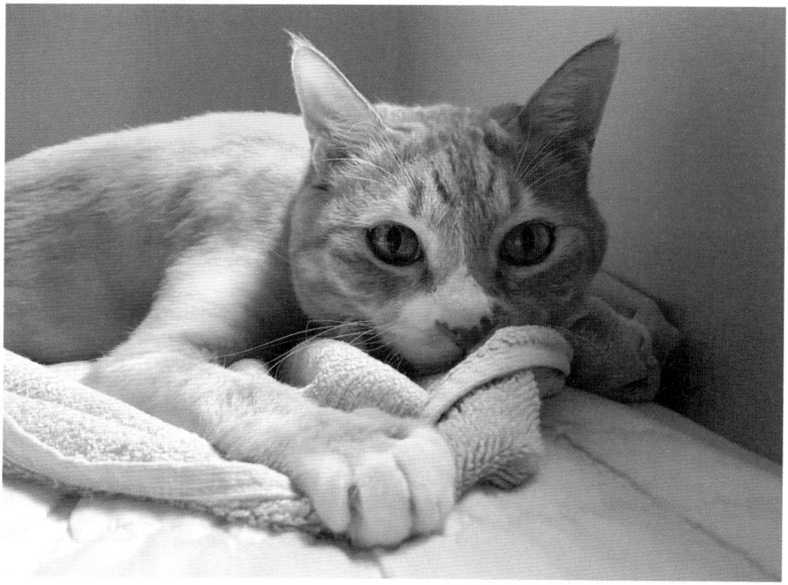

우한나

스무 살 6월 얼떨결에 맞이한 아기 고양이와 13년째 동거 중인 미술 작가. 이젠 고양이도 집사인 나도 아기가 아니지만, 서로의 시간이 서로의 기억과 몸에 고스란히 녹아 있다. 고양이와 함께하면서, ‘적당한 거리’가 주는 편안함에 대해 알게 되었다.

4

묘성 논란: 고양이들의 생애사

"사람과 고양이, 우리 둘은 우리 사이의 장벽을 초월하려고 애쓰는 중이다."[1]
– 도리스 레싱

어쩌다 보니 고양이 세 마리와 동거 중이다. 맏이 삼동, 둘째 그래, 그리고 막내 코코 – 세 마리 중 누구와도 계획된 동거는 아니었다. 원래 동물을 좋아하지도 싫어하지도 않았다. 반려동물을 상상하지 않던 시절엔 개는 조금 더 순한 것 같았고, 고양이는 조금 더 무서운 것도 같았다. 어릴 때 집 마당에 묶여 있던 개에게 특별히 신경을 쓴 적도 없었던 것 같다. 버리는 음식을 개에게 주고, 기르던 개가 돌연 없어지는 일이 왕왕 일어나던 시절이었다. 개나 고양이를 제외하고는 다른 동물도 반려가 가능할 것이라는 생각을 꿈에서조차 해본 적 없는 매우 인간중심적 삶을 살아왔다. 심지어 조금 심각한

1. 도리스 레싱, 『고양이에 대하여』, 김승욱 옮김, 비채, 2020, 268쪽.

새 공포증이 있다. 아마도 한 번쯤은 도도하고 아름다운 고양이와 함께 사는 우아한(?) 삶을 그려 보았던 것도 같다. 그러나 소위 '예술'이라는 걸 한다 설치고 있으니, 그 우아한 삶과는 항상 거리가 멀었다. 주변의 동년배들이 서서히 자리를 잡고, 가족을 만들어 정주하는 삶을 성실히 만들어 가는 동안, 나는 놀랍도록 빈곤했고, 이동이 잦았다. 인간을 포함해 세상의 모든 생명을 향해 까칠하기 이를 데 없었고, 남들 다 하는 생의 이벤트들엔 깊은 저항감이 있었다. 누구보다 바쁘게 열심히 살았다 자부함에도 안정적인 삶을 기대하지 못했고, 동물은커녕 사람, 하다못해 식물을 '반려' 삼는 삶에 대해서도 진지하게 생각해 본 적이 없었다. 물리적으로 마땅한 거처가 없었던 것은 물론, 머물러야 할 이유가 생길 때면 오히려 불안해지곤 했으니, 당연한 일이기도 했다. 가족의 집, 친구 집, 애인 집 등에 얹혀살거나 예술가 레지던시 등을 전전하며, 실은 내 한 몸 건사하기에도 힘든 삶이었다. 점차 나이가 드니 신체의 활력이 떨어지고, 이동하는 삶이 힘에 부쳤다. 정착할 곳 없는 내 꼴이 한편 서럽기까지 했다. '외로움'이라는 단어가 점차 가까워지는 것 또한 낯선 부끄러움이었다. 적어도 거주지는 마련해야겠다는 생각이 차츰 커지고, 그렇게 되자, 운명처럼 고양이가 찾아왔다.

친구의 친구가 구조해, 친구의 집에서 임시보호 중이었던 '삐약이'는 내게 와서 '삼동이'가 되었다. 밤새도록 자기를 구하거라 창문 너머에서 지치지 않고 삐약거렸다고 했다. 혹시나 어미가 잠시 출타중인 게 아닐까 오래 어미를 기다렸으나, 친구의 친구는 낙오된 것이 분명한 그 아기 고양이를 구조할 수 밖에 없었다고 했다. 구조 후 여러 사정으로 친구의 집에 임시로 맡겨진 삐약이는 그 집의 제왕 '날치'에게도 '하룻고양이' 범 무서운 줄 모르고 달려드는 무법자였다. 애초에 싹수가 노랬던 것이겠지만 사람이란 이상하게도 어떤 무람없는 '악'에 현혹되곤 하는 법, 삐약이의 거침없는 성품에 반해버린 나의 운명을 그 누가 예측할 수 있었을까. 입양을 결정하고 친구의 집에서 내 거처로 아이를 옮겨온 첫날 밤, 그는 조금도 쫄지 않았고 이 집이 살 만한 집구석인지 꼼꼼히 살피다 화장실을 찾아 용변을 해결하고는 이내 곤히 잠들었다. 생후 3개월 남짓의 아기 고양이가 잠들 곳과 용변 보는 곳을 스스로 구분하는 광경을 보며 나도 모르게 탄성이 새어 나왔다. 역시 천지만물 중 인간이 가장 미욱하구나…. 나는 그때 삐약이에게 내 한 몸 바쳐 복종하기로 마음먹었다. 그는 분명 누추한 집도, 부족한 집사도 너그러이 받아주실 듯했다.

귀하디귀한 아이로 키우겠노라 '금동이'라는 이름을 붙여야겠다 주장했지만 (전)애인은 한심하고 천박하다며 말렸다. 2011년 당시 〈드림하이〉라는 드라마에서 '송삼동'역으로 분한 김수현 배우가 대한민국 최고 미색이라 생각하던 나는 김수현의 극중 이름 '송삼동'을 내 첫 고양이의 이름으로 선택했다. 지나친 외모 언급 때문에 친구들에게 자주 지탄 받곤 하지만, 우리 송삼동의 외모는 김수현의 뺨을 한 석 대 반은 치고도 넘는 믿기 어려운 '완미'의 수준에 도달해 있었으므로, 그의 아름다움에 대해서는 내 비록 정치적으로 올바르지 않은 미숙한 시민이 되는 한이 있더라도 조금도 언급을 피할 생각이 없다. 종종 이 완벽한 외모를 세상에 알려야 한다는 욕망에 시달리며 SNS를 고양이 사진으로 도배하고, 느닷없이 친구들에게 고양이 사진을 보내 놓고는 "너무 예쁘네!" 따위의 칭찬을 기대하곤 했다. 아니, '예쁘다' 정도로는 감히 설명할 수 없을 만큼 상식을 초과하는 삼동의 그 미모는 미학을 탐문하는 것을 직업으로 삼는 나조차 범접하기 힘든 경지라 할 수 있겠다. 누군가 그 아름다움을 알아보지 못한다면 미적 판단 능력에 큰 문제가 있는

송삼동

것이 분명하다. 늘 거기서 거기인 (사람)아이 사진을 밤낮으로 보내가며 아이 얘기만을 일삼는 기혼녀 친구들에 대한 분노를 멈추고, 그간의 내 편향된 인류 혐오 역시 반성하면서 보다 관용적인 인간으로 거듭나게 된 연유도 바로 여기에 있다. SNS만으로는 나의 이 긴급한 욕망을 담아낼 길 없어 냥튜버가 되어야겠다 결심하다가는 번번이 정신을 차리고 양손을 붙들어 매곤 한다. 애인은 나에게 송삼동이 혹여나 너무 유명해지기 시작하면 그에 따른 '묘성 논란'이 뒤이을 것이라며 경고했다. 그러나 마음속으로는 언제나, 우리 삼동이가 비록 묘성에 문제가 있을지언정, '히끄'보다 못할 게 무엇이며, 내가 'haha ha'님 같은 냥튜버가 되지 못하란 법이 어디 있는가! 라며 칼을 갈고 있는 것이다.

삼동을 만난 이후, 또 다른 아이들이 내게 오거나 스쳐갔다. 묘연은 그저 거부할 수 없는 운명처럼 다가오는 것만은 아니었다. 언제나 고양이들과 연결되어 있다는 생각이 외부적으로도 작용하고 있기 때문에 많은 묘연에는 얼마간 의도된 측면이 있어 보인다. 길을 헤매는 수많은 길고양이들에게 하나하나 눈이 가기 시작한 것도 송삼동과 동반을 시작한 이후였다. 도시의 곳곳에서 마주치는 너무 많은 그들에게 어떤 방식의 삶이 더 '좋은' 것인지 자주 생각하게 된다. 도심의 '길'은 이미 자연이 아니지만 그렇다고 저들 모두가 '집안'에서의 생이 가능한 것도 아니다. 수많은 길고양이를 거둬 먹일 수 없고 구조할 수도 없다면 우리는 이 지구라는 땅에서 어떻게 공생할 수 있는 걸까 생각해 보지만 마땅한 답이 떠오르진 않는다. 이런 생각마저도 지극히 인간중심적인 고민들은 아닐까 머릿속이 복잡해지곤 한다.

송삼동을 입양한 이듬해엔 8차선 대로 한복판에서 긴급 구조된 '길은정'이 잠시 한집에 머무르기도 했다. 첫 '임보'의 경험이었다.

언젠간 떠날 아이이니 쉬이 이름을 붙이지 못해 동물병원 차트에 '고양이1'이라고 올려 두었다. 며칠 후엔 그래도 '기른 정'이 있으니 '길은정'으로 불러보자 마음먹고 아이의 거취를 고민하고 또 고민했다. 최초 구조자인 모 큐레이터는 내게 아이를 맡겨 놓고 몇 날 며칠을 갈등하다가, 아무리 생각해도 자신의 책임이자 운명인 것 같다며 결연한 표정으로 아이를 다시 데려갔다. 그 아이는 '깡이'가 되어 부잣집 정상가족의 큰딸로 군림 중이고, 모 큐레이터는 유기묘 구조에 열을 올리는 열혈 캣맘이 되어 지금까지도 온동네 길냥이들을 거둬 먹이고, 각종 고양이+미술 콘텐츠를 기획, 생산 중이다. 고양이와의 우연한 인연을 분명한 실천의 영역으로 용기 있게 넓혀 낸 '성덕'이 아닐 수 없다.

길은정의 임보 경험으로 고양이와의 관계에 있어 자신감이 조금 더 생긴 나는 그 이듬해에 아이 하나를 더 들이기로 결정했다. 역시 구조된 아이였는데, 5개월도 채 되지 않은 어리고 작은 아이임에도 놀랍게도 TNR이 되어 있었다. 무척 순하고 명랑한 성품을 가졌고, 가끔씩 어수룩한 면모를 보여 더 귀여웠다. 우리집의 절대 제왕 송삼동마저 아이를 너그럽게 받아들이는 듯했다. 생김새마저 송삼동과 꼭 닮아 진짜 남매처럼 보였다. 나의 외모주의는 변함없이 발동되어, 당시 드라마 〈학교〉에 출연 중이던 배우 이종석이 맡은 배역 '고남순'이 둘째의 이름으로 낙점되었다. 남순이는 삼동에게도 내게도 애교가 많았다. 식탐도 만만치 않아 건강히 잘 살아낼 거라 믿었다. 소변 실수를 종종 했지만, 차츰 나아졌다. 삼동과 함께 꼭 붙어 자는 모습을 볼 때마다, 역시 고양이 사진은 투샷이지, 환호했다.

백신 접종을 모두 끝내고 항체 검사를 하던 날, 조금 문제가 있는 것처럼 보였다. 열이 떨어지지 않았고 드물게 경련이 보였다. 의사는 복막염을 의심했지만 하루만 더 지켜보자고 했다. 시간마다 열을 체크하며 조마조마한 하루를 보냈고, 아마도 조금 아프다 말 것이라 애써 믿었다. 아깽이 시절엔 온갖 바이러스나 병증과의 사투를 많이들 벌이곤 하니까. 그날은 크리스마스 이브였고, 남순이는 놀러온 친구들에게 한껏 예쁨을 받았다. 연말 파티의 일원으로 가장 가까운 친구들과 당당히 함께하던 남순이 강한 경련을 일으키며 사지를 제어하지 못한 것은 밤이 많이 깊었을 무렵이었다. 서둘러 병원으로 달렸지만, 하필 성탄 전야의 도로 사정은 엉망이었다. 더구나 24시간 진료를 하는 병원이 근처에 없어 친구가 안내해 준 병원으로 조바심을 내며 달리던 중, 남순은 미처 병원에 도착하기도 전에 차 안에서 호흡을 멈췄다. 야간 근무 중이던 의사 역시 급성 복막염일 것이라 진단했다. 누구의 잘못도 아니었다. 하필 그날이 성탄 전야였던 것도, 그래서 친구들과 모처럼 모여 떠들썩했던 것도, 서울시내 도로가 엉망진창이었던 것도, 유난히 진정할 수 없었던 우리들도. 누구의 잘못도 아니었지만 이후 몇 달간의 죄책감 섞인 우울을 멈추기는 힘들었고, 마지막 순간 남순이 사력을 다해 물어버린 내 손가락의 욱신거림도 쉬이 가시지 않았다.

반려동물의 장례나 화장도 사람들의 그것과 거의 동일하게 이루어진다. 장례 업체가 제공하는 작은 애도실에서 화장 직전 남순의 딱딱한 사체를 보며 울고 또 울었다. 왜 그렇게 눈물이 멈추지 않았던 것인지 아직도 의문이다. 좀처럼 조절할 수 없는 깊은 슬픔이 요동치고 또 쳐서 그게 너무 이상하다고 느끼면서도 굴복할 수밖에 없었다. 함께 살아온 시간이나 추억 같은 것의 양에 슬픔의 양이 비례하는 것 같지는 않다. 내가 찾았던 장례 업체는 화장 후 나온 골분을 특수 가공해 보석처럼 반짝이는 스톤을 만들어 주는 것으로 유명했지만, 나는 잠시 갈등하다가 그냥 유골을 항아리에 가져가겠다고 했다. 자연으로 돌아가게 해 주는 것이 옳다고 생각했다. 작은 단지 하나에 담긴, 겨우 한 주먹도 되지 않는 잔해를 자연으로 돌려보내기 위해 친구들에게 도움을 청했다. 자주 방문할 수 있도록 집에서 멀지 않은 산 중턱 어디쯤에 몰래 남순이를 묻기로 모의했다. 의도적인 불법을 자행하기 위해 모인 친구들은 결연했다. 쉬이 발견될 수 없는 자리를 찾아 꽁꽁 얼어붙은 겨울 땅을 힘들게 파내어 겨우 남순이를 묻고, 동백나무 한 그루를 심었다. 그리고 불과 몇 달 후, 전국적으로 유행한 둘레길 조성 사업의 여파로, 남순이도 동백나무도 흔적없이 사라지고 말았다. 서울시청에 도시락 폭탄이라도 들고 뛰어들 만큼 화가 치밀었지만, 이내 모든 것이 자연스럽다고 느꼈다. 고양이는 그렇게, 내게 올 때도, 함께 시간을 보낼 때도, 또 이별을 고할 때도 제멋대로일 테니까. 남순이가 미처 삼키지 못하고 흘린 유치 하나를 작은 보석함에 넣어 책상 서랍 깊이 두었는데, 보고 싶을 땐 가끔, 그것을 열어 본다.

삼동은 다시 외동아들이 되었다. 넘볼 자 없는 집안의 일인자이며 폭군, 한남 중의 한남. 누구도 그의 심기를 건드려서는 안 된다. 고양이는 나에게 스스로도 인지하지 못하는 의외의 측면을 매 순간 발견하게 한다. 이를테면, 내게 결코 없다고 믿었던 절대적인 사랑과 복종의 감각 같은 것. 무한히 다른 세계로 확장해 나가는 이해와 관용의 태도 같은 것. 믿기지 않지만, 삼동의 포악한 묘성은 내게 무리 없이 받아들여졌다. 급기야 남다른 품성 그 자체가 삼동이라 믿었다. 성악설을 맹신하며 인간을 증오하던 나는 부족하기 이를 데 없는 인간들에게도 경우에 따라서는 관용을 베풀 필요가 있는 것이 아닐까 문득 생각하게 되었다. 그러자 세상과 인류에 대한 애정이 조금씩 생겨났다. 고양이와 동행하는 삶은 이렇게 모두에게 은혜롭다. 남순이를 잃은 슬픔이 조금 무뎌질 때쯤, 앞서 언급한 모 큐레이터(라고 쓰고 냥덕후라 읽는다)로부터 사진 한 장이 전송되었다. 새까만 아기였다. 사진으로만 보아도 삼동이만큼이나 성질이 만만치 않아 보였다. 아니나 다를까 한 차례 입양이 되었다가 그 유난스런 성격 때문에 동거묘를 다치게 하는 바람에 화가 난 입양자가 파양을 해, 오갈 데가 없어져 본인이 임시보호하고 있다는 소식이었다. 사연을 듣고 나니 차마 모른 척할 수가 없었다. 누군지도 모르는 전 입양인을 맹렬히 비난하며 내가 데려오겠노라 큰소리를 쳤다. 그 아이가 바로 둘째인 '그래'다. 새까만 솜털이 보송보송했던 아깽이 시절의 그래는 흡사 고양이새끼가 아니라 쥐새끼처럼 보였다. 어쩔 줄 모르는 제어 불가의 몸놀림, 땅에 붙어 있는 시간보다 체공 시간이 더 길도록 펄쩍펄쩍 뛰어다니며 제 발에 제가 걸려 넘어지는 꼴은 흡사 까만 벼룩을 연상케 했다. 활동성이 남다른 이 천둥벌거숭이는 우리집의 폭군 송삼동마저 지치게 만들었다. 평화롭던 일상에 끼어든 이 쥐벼룩같은 아이 때문에 삼동의 스트레스는 하늘을 찔렀다. 날마다 일촉즉발의 위험한 상황이 벌어졌고, 고백건대 나도 아주 잠깐 '파양'이란 단어를 떠올렸다. 이래서 사람이 잘 모르는 타인의 사정을 평가하고 판단할 수 없는 것이다. 나는 다시 한번 고양이를 통해 인간사를 배웠고, 한편 집안에서 송삼동의 일묘천하가 서서히 기울어가고 있음을 느꼈다.

이쯤 되면 이미 예상했겠지만, 그래라는 이름은 당시 배우 임시완이 출연한 인기 드라마 〈미생〉의 '장그래'로부터 온 것이다. 그래의 애잔하게 미혹하는 눈빛은 임시완을 꼭 닮았다. 쥐벼룩 같기만 하던 그래는 성장할수록 하루가 다르게 아름다워졌고, 활동성은 차츰 진정되어 적어도 일상생활을 할 수 있는 수준이 되어 갔다. '올블랙' – 검은 고양이라니 어찌 완벽하지 않을까. 원래 예술가든 큐레이터든 미술인이라면 검은 옷이 아니던가! 그래는 나와 늘 커플룩을 하고, 내 '야작'에 동참하는 의리녀이며, 항상 내

장그래

오른쪽 겨드랑이 아래에서 잠든다. 근래 나는 나에게 피치 못할 사고가 생기면 전 재산과 작품 저작의 모든 권리를 그래에게 넘기기로 마음먹었다. 아직 공증 절차가 남아 있긴 하지만.

잘 기억도 나지 않던 유년기에 집에서 즐겨 듣던 동요 모음 카세트 테이프가 있었는데, 그 테이프의 마지막 넘버는 시대를 풍미한 어린이 가수 박혜령의 〈검은 고양이 네로〉였다. 나는 그 노래를 제일 좋아했고, 오직 그 노래를 듣고 따라 부르기 위해 별로 좋아하지도 않는 앞부분의 모든 노래를 참고 듣는 수고를 아끼지 않았다. 그런데 노랫말 속에서나 존재하는 줄 알았던 그 검은 고양이가 지금 나와 함께 살고 있는 것이다! 은은한 옥색빛이 맴도는 그래의 눈동자와 빛나는 검은 털을 보면서 나는 늘 마음속으로 노래를 흥얼댔다. “그대는 귀여운 나의 검은 고양이 / 새빨간 리본이 멋지게 어울려 / … / 외롭고 고요한 어둠 속에도 / 그대만 있어 주면 마음 든든해” 삼동과 그래가 동시에 내 눈 안에 들어오면 나도 모르게 절로 감탄사가 새어 나온다. 어떻게 저렇게 완벽하게 아름다운 아이들이 나와 함께 살게 된 것일까?!

한편, 안타깝게도 삼동과 그래는 사이가 매우 나쁘다. 둘다 지지 않는 성격의 소유자이기 때문이기도 하려니와, 각자의 취향과 행동양식이 늘 물과 기름처럼 갈린다. 어쩌다 실수로 둘의 몸이 부딪치기라도 하면, 마치 씻을 수 없는 오물이 묻은 것처럼 각각의 방식으로 소스라치곤 한다. 삼동이는 온종일 애인 옆에 붙어서 떨어질 줄을 모르고, 그래는 언제나 내 주변을 지킨다. 삼동이 대개 하악질과 주먹질, 물고 위협하기로 이어지는 공포 통치로 집안의 일인자임을 자처하는 반면, 그래는 예쁜 목소리와 박치기, 스토킹에 준하는 졸졸 따라다니기 같은 애교 전략을 일삼아 매번 내 무릎을 꿇게 한다. 삼동의 발톱을 깎는 일은 목숨을 내어놓아야 할 정도로 극한 노동이지만 그래의 발톱을 깎는 일은 우리 둘만의 친밀한 스킨십에 준한다. 삼동이 양치질을 비교적 잘 참아 내는 것에 비해 그래는 양치질이라면 거품을 문다. 삼동은 함수율 높은 음식을 선호하지만 그래는 오로지 건조된 식품만을 좋아한다. 병원에 데려가면 삼동은 너 따위가 감히 이 몸을 이런 곳에 데려올 수 있느냐 진노해 앙심을 품고 며칠이고 나를 저주하지만, 그래는 이 무서운 상황에 내가 믿을 것은 엄마뿐이야 라는 느낌으로 더욱더 가슴팍에 파고들어, 모든 것을 무릅쓰고 자신을 비호하라 외친다. 한 집안에서 수 년간 같은 사료를 먹으며 동거해 왔음에도 두 마리의 취향과 생존 전략은 분명하게 갈리니 참 신기한 일이다. 주의 주장이 확실하고 결코 자신의 고집을 굽히는 적이 없는 아이들을 두고, 주변인들은 애들이 누굴 보고 배웠겠냐며 죄 없는 나를 놀림감 삼지만, 양육을 도맡아야 하는 에미의 고충은 이만저만이 아니다. 고양이와 함께 사는 것은 장담컨대 참으로 아름다운 일이지만, 예외적인 일이 벌어질 때, 이를테면 아이들이 아프기라도 하면 삶은 곧장 지옥이 된다.

한번은 삼동의 잇몸이 차츰 부풀어 오르다가 자주 피를 흘리게 되었는데 주변의 거의 모든 병원을 문턱이 닳도록 드나들어도 도통 차도가 없었다. 어떤 의사는 유독 사나운 삼동에게 다가가는 것을 두려워해 진료를 보지 못하기도 했고, 어떤 의사는 성의 없이 대충 입안을 들여다 보더니 이상한 약을 처방했다. 어떤 의사는 친절하고 유능해 보였지만 삼동의 상태는 역시 호전되지 않았다. 허구한 날 인터넷을 뒤지고 좋은 병원을 수소문하고, 급기야는 아는 의사를 통해 사람 아기 약을 얻어 써 보기도 했다. 도통 해결될 기미가 보이지 않아 발을 동동거리기만 하던 중에 지인을 통해 치과 진료로 유명하다는 병원을 소개 받아 예약하고 진료를 받으러 갔다. 듣던 대로 의사는 무척 유능해서, 사납게 으르렁대는 삼동이를 단숨에 제압하고는 순식간에 많은 증상들을 찾아내, 바로 정밀 검사와 수술 날짜까지 잡아 줬다. 종교 시설이 아니라 동물병원에서 신을 만나 구원을 받은 기분이었다. 뒤돌아 생각하면 사실 의사가 보호자인 내게 지나치게 호통을 치며 나의 양육방식을 비난했던 것 같지만, 당시엔 오직 삼동이가 아프지 않을 수만 있다면 어떤 모멸감도 문제될 것이 없다 생각해서 잘 들리지도 않았다. 진료와 수술에 대한 어마어마한 비용을 치렀지만 전혀 아깝지 않았고, 누구든 삼동이를 낫게만 해 준다면 무릎을 꿇고 두손으로 공손히 전 재산을 내다 바칠 기세였다.

그래는 하필이면 내가 출장 중일 때 입원한 적이 있다. 일주일이 조금 못 되는 해외출장이었는데, 현지에 도착하자마자 그래의 숨소리가 이상하다는 연락을 받았다. 감기 정도의 증상이겠지 하고 가볍게 생각하며 병원에 갔는데 그래는 폐렴 진단을 받고 입원하게 되었고, 나는 출장지에서 그 소식을 듣고는 안절부절못하며 간신히 일정을 마치고 인천공항에 내렸다. 그래가 입원해 있는 병원으로 곧장 직행해 출장 짐을 병원 로비에 그대로 내팽개치고 다급히 입원실로 들어섰다. 작은 몸에 수액이며 호흡기며 이런저런 것들을 주렁주렁 달고도 나를 알아본 그래가 온 힘을 다해 울어댔다. 이게 웬 '엄마 없는 하늘 아래'란 말인가. 왜 하필이면 내가 부재중일 때 이런 일이 벌어진 것일까. 아이는 다시 건강을 찾을 수 있는 건지, 혹시 나쁜 일이 일어나면 어쩔 건지, 오만 생각이 머리통을 후려쳤고, 와병 중에도 엄마가 왔다고 쉼 없이 박치기를 시전하며 골골대는 그래를 보면서 울음이 터져 나왔다. 입원실 유리창에 매달려 고양이 때문에 눈물 콧물이 범벅되어 엉엉 울고 있는 체격 좋은 중년의 못난 여자라니, 다시는 상상조차 하고 싶지 않은 장면이다. 다행히 얼마간의 치료 후 그래는 건강을 찾았고 집으로 돌아올 수 있었다. 그때 역시 만만찮은 치료비를 지불했다. 고양이들은 성묘가 되기 전까지 각종 잔병치레나 백신 접종, 그 후유증이나 중성화 수술 등으로 병원 출입이 잦다. 물론 성묘가 되어서도 오만 가지의 알려진 증상과 또 그 밖의 알 수 없는 증상으로 진료가 필요하고, 그에 따른 진료비와 더불어 고양이와 집사 양쪽의 스트레스로 인해 참혹한 전쟁을 치르기 쉽다. 더구나 불규칙한 수입으로 인한 경제적 난항 속에서 살아가는 예술가들에게 동물병원의 진료비는 너무 높은 장벽이어서, 몇몇 친구들은 만일의 사태에 대비해 고양이 통장을 따로 묶어 둔다는 얘기도 들린다.

어느 날 밤 산책을 하면서 근처의 신흥 아파트 단지를 지나다가 놀라운 광경을 보게 되었는데, 거의 건물 하나 건너 하나씩 동물병원이 자리하고 있었다. 이렇게 동물병원이 많은데도 믿고 다닐 병원을 찾는 것이 그리도 어렵다는 게 이상하기도 했지만, 사실 인간의 관점으로는 동물의 질병과 통증같은 것들을 어떻게 받아들이고 이해해야 할 것인지가 미지의 영역이므로 당연한 상황인 것 같기도 하다. 여전히 한 병원에 정착하지 못하고, 매번 병원 갈 일이 생길 때마다 전전긍긍하면서 지인들의 의견을 묻거나 이런저런 병원의 리뷰를 찾아 헤맨다. 동물 의료 협동조합에 출자를 하기도 하고, 동물 의료 보험 상품도 가끔씩 검색해 보지만 여전히 마뜩지는 않다. 경제적인 문제와 더불어 의사의 역량이나 고양이 임상에 대한 태도 같은 것들에 늘 신경이 쓰인다. 또 가끔은 이렇게 유난스런 내가 혹시 병적으로 과민한 것은 아닌가 스스로를 꾸짖는다. 종종 나는 왜 수의학을 공부하지 않고 이렇게 쓸모없는 예술 따위를 공부해서 날마다 고통받는가 내적 비명을 일삼는다. 그러니 이런 분열 속에서 헤어나기 위해, 어지간하면 병원에 방문할 일이 없도록 평소 생활에 온갖 정성을 쏟게 되는 것이다. 내 입안에 들어가는 것은 비록 잡다한 싸구려투성이일지언정, 고양이들의 사료와 간식은 각종 성분표와 레시피를 따지고 따져 제일 비싸고 좋은 제품만을 바친다. 해외 출장 시, 특히 유럽이나 일본 등 고양이 친화적인 나라로의 출장길엔 트렁크를 절반쯤 비워가서 각종 제품을 그득그득 채워오는 데에 주력한다. 그 밖에도 온갖 영양제, 생활용품이나 의료용품, 장난감 등을 나날이 갱신하고, 그 어떤 불편함도 겪게 하지 않겠다는 일념으로 고양이에 굴복하는 삶을 살게 된다. 세상에서 제일 예쁜 고양이는 '내 고양이'이고, 내 고양이를 향한 그 어떤 평가의 언사도 받아들일 수가 없게 된다. 고양이에 대해 애정을 보이지 않는 이들을 인간으로서도 저평가하거나, 세상의 많은 논리를 고양이로 귀결시키는 편집증적 논리에 사로잡히게 된다. 유독 이기적으로 보이는 사람 아기 엄마들을 향한 세간의 미움과 혐오가 '맘충'과 같은 혐오적 언사들을 만들어 내곤 하던데, 맘충 중의 맘충은 고양이 맘충이라는 사실을 세상이 아직 모르고 있는 게 아닌가 싶기도 하다.

고양이의 생애 주기가 인간에 비해 무척 짧다는 것을 알기에, 이토록 사랑을 쏟는 일을 자연히 멈출 수밖에 없는 때가 올 것이라는 사실도 안다. 아직까지는 비교적 건강한 동거묘들과 함께하는 중년의 싱글 라이프는 그럭저럭 버틸 만하게 흘러왔다. 긴 출장 일정이 잡힐 땐 애인이 아예 내 집에 거주하면서 애들을 살뜰히 챙긴다. 애인 또한 불가능한 사정이 생기면 여기저기 흩어져 사는 고양이 집사들이나 집사 경력자 친구들에게 도움을 요청한다. 그러면 상황이 되는 친구들이 달려와 고양이들을 돌봐준다. 나 역시 고양이 돌봄 품앗이의 일원으로 남의 집 아이를 돌보러 출동하기도 한다. 연인이나 친구, 가족과의 관계에서 얻기 힘든 전혀 다른 종류의 사랑과 몰입이 나와 고양이 사이에 명백하게 존재한다. 업무를, 혹은 사회적 친교를 앞세운 관계의 피로함을 고양이를 중심에 둔 공동체와 관계들을 통해 상쇄하기도 한다. 미술 현장에서 일하는 동료들과

(사진: 오혜진)

코코

나누는 경력과 처신에 관한 이야기들에서는 말할 수 없이 깊은 환멸을 너무도 자주 느끼는 내가, 고양이 집사들 사이에서는 아이들의 근황과 정보 나눔은 물론이고 각자의 방식으로 정당화하는 돈지랄의 무모함에서마저 가장 공동체적인 온기와 소속감을 느낀다. 물론 결코 이해되지 않는 소통 불가의 영역 또한 고양이와 나 사이에 존재한다. 이는 종종 불안과 조바심을 양산하는, 우리 사이의 결코 넘어설 수 없는 '장벽'처럼 느껴지기도 한다. 인간의 논리에서 이루어지는 훈육, 의료, 집착과 같은 것들도 언젠가 그들에게 이해 받을 수 있는 일일까? 나는 어쩌면 인간 세상의 피로함을 달래기 위해 고양이들을 도구적으로 이용하고 있는 것은 아닐까? 측은지심과 애지중지를 오가며 허우적거리는 고양이를 향한 나의 이 유약하고 갈팡질팡하는 대응마저 그간 나와 함께한 아이들의 생애에 하나의 의미로 기꺼이 포함될 수 있을까? 또한 이토록 완전히 순수하고 보상 없는 사랑의 경외로운 경험은 내 생의 근거가 되어줄 수 있을까?

송삼동과 장그래, 두 마리면 충분하다 믿고 지내던 내 삶에 얼마 전 코코가 합류했다. 6개월령쯤 되었으리라 짐작되는 코코는 지인의 갑작스런 죽음으로 남겨진 아이다. 워낙 경계심이 강해 수차례의 포획 시도 끝에도 잡히지 않아, 엄마에 이어 함께 살던 개 오빠와 고양이 언니와도 생이별을 한 채, 빈 집에 얼마간 홀로 남겨져 있었다. 우여곡절 끝에 친구들과 구조해 온 코코는 참으로 살피기 어려운 아이였지만, 다행히도 삼동과 그래를 좋아했다. 특히 그래를 유독 좋아해 날마다 애정과 관심을 갈구하면서, 급변한 낯선 환경에 애써 적응해 가고 있는 중이다. 이 글을 시작하던 즈음에 코코의 소식을 들었고 코코를 만났지만, 코코의 생애 또한 이 글에 담길 것이라는 건 전혀 예상치 못한 일이었다. 오로지 송삼동과 장그래를 향한 나의 애절한 사랑을 쏟아 내려던 이 글에 코코의 존재가 추가되면서, 나는 그간 나를 지나쳐 간, 혹은 지나칠 뻔했던 아이들 모두를 하나하나 떠올릴 수 있었다. 그들 중 대부분은 길을 헤매다 만나게 되었으므로 각자의 수난사를 가진 아이들이었지만, 그중에서도 코코의 짧은 삶은 더더욱 요란하고 기구했다. 애인은 코코가, 말하자면 '바리공주' 같은 수난의 생애사를 쓰고 있는 것이라고 했다. 그래서 코코의 성장은 그 자신이 버려졌음에도 타인을 구원하는 바리공주처럼 아마도 더 의미 있는 것이 될 거라 장담했다. 삼동 그래와 동거를 시작한 지 딱 9주를 맞은 코코는 어느새 삼동 그래를 쏙 빼닮아 있다. 상대를 잡아먹을 것 같은 눈빛과 누구에게도 지지 않는 기갈을 보건대, 누가 뭐래도 우리집 아이가 분명하다.

아침에 눈을 뜨면 삼동 그래 코코가 동시에 나를 주시하고 있다. 눈뜨자마자 '아름다움'을 보고 경험하는 것은 예술가에게 매우 중요한 일이다. 졸음이 가시지 않은 무거운 몸을 가까스로 일으켜 주방에 나와 씽크대 앞에 서면, 세 마리가 종아리께를 맴돌며 밥을 내놓으라 아우성친다. 맨다리에 부딪치는 이 보드라운 털의 촉감이 또 하루가 시작되었음을 알린다. 빈 밥그릇에 사료를 채우고, 물그릇을 깨끗한 물로 가득 채운다. 애들이 아침밥을 먹는 동안 화장실을 치우고, 이부자리를 비롯한 집안 구석구석에 빼곡한 고양이 털을 해결하고 나서야 비로소 인간의 삶을 두루 챙길 수 있다. 근래 코코의 합류로 사료 보관통을 더 큰 것으로 바꿨다. 밥그릇도 하나 더 늘었고, 고양이 화장실도, 숨숨집도, 장난감도, 모든 것들이 더 늘었다. 유독 고양이 털이 달라붙어 골치 아프던 침대 스프레드는 이참에 치워버리고 새것을 깔았다. 그러는 김에 고양이 털이 박히지 않는다는 이불도 하나 구매했지만 갑자기 날이 더워져 아마 당장은 소용이 없을 듯하다. 코코의 새 삶을 응원하는 주변의 냥집사들로부터 한동안 간식이 원조되었고, 그 이상의 안부와 관심이 집중되었다. 삼동 그래가 더이상 관심을 두지 않던 캣폴은 다시 코코의 사랑을 받게 되어 집안의 구석진 자리에서 보다 눈에 띄는 곳으로 이동했다.

자는 일이 가장 중요한 일과이던 중년의 삼동은 조금 덜 자게 되었나? 코코의 돌진하는 사랑을 한몸에 받게 된 그래는 너무 자주 원치 않는 레슬링과 달리기와 우격다짐 등을 해야 해서 조금 피곤한 것도 같다. 하지만 삼동 그래는 나름 언니오빠됨의 품격을 지키며 진격의 코코를 조금 참아 주는 중인 것 같다. 나는 애들이 눈에 밟혀 작업실에 더 안 나가게 되었다. 삼냥이의 순차적인 건강 검진을 포함해, 사료, 모래, 물품 등의 케어 비용은 꾸준히 경신 중이다. 코로나19로 지급된 서울시·국가 재난지원금도 모두 고양이 병원비와 각종 물품 구입비로 순식간에 소진되었다. 물론 나는 자본주의의 종년이기도 한지라, 구매욕을 일정 부분 해소해 주는 고양이 쇼핑몰에 더 가열차게 드나들고 있으니 의외의 정서적 충만함이 있다. 요사이엔 자던 고양이도 달리게 한다는 캣휠과 고양이 털 제거에 탁월하다는 의류 건조기를 사고 싶어서 안달이 났지만 가격 때문에 아직 망설이고 있다. 물론 실제로 구매를 감행한다면 둘 데가 없어 머리에 이고 있어야 한다. 오로지 남은 일은 내가 더 열심히 돈을 버는 것이다.

예술도 좋지만 오늘도 변함없이, 돈 되는 꿀알바 구함.

추신

최종고를 넘긴 지 불과 얼마 지나지 않아 삼동이가 고양이별로 떠났다. 전혀 예상치 못했던 일이었다. 모든 생명은 죽음을 예고한다는 이 명징한 사실이 왜 이다지도 이해되지 않는 건지 모르겠다. 2박3일의 짧은 출장 중 갑작스레 벌어진 일이었고, 삼동은 결국 나를 기다리지 않았다. 이 상실의 슬픔을 표현할 말들을 오래 생각했지만 찾을 수 없었다. 남순이 때의 과오를 떠올려 유골함은 평생 품고 있기로 했다. '삼동'이라는 단어를 말해야 할 땐 여전히 울먹이게 된다. '그래'와 '코코'를 부르려다 자주 '삼동아'라고 실수하게 되어 너무 미안하다. 9년 동안 내가 제일 많이 발음했던 단어가 '삼동'이기 때문이라 변명해 본다. 삼동과는 여행을 가서 함께 바다도 보았고, 본가에 갔다가 고양이를 미워하는 모친에게 쫓겨나기도 했다. 하물며 집회장에도 갔다. 삼동은 그야말로 나의 의심할 바 없는 '반려'였다. 여전히 집의 구석구석 어딘가엔 삼동의 털이 묻어 있을 것이 분명하다. 날마다 삼동이 보고 싶어 작게 불러 보곤 한다. 하지만 삼동은 그답게도, 내가 아무리 떠올리고 애타게 불러도 꿈에서조차 한번도 응답하지 않는다. 냉정한 놈 같으니. 끝내 묘성 논란을 해명할 길은 없어져 버렸다.

(사진: 오혜진)

정은영

주로 비디오와 퍼포먼스 등을 다루는 미술 작가다. 미술보다 고양이를 좋아한다. 작업실보다 집을 좋아한다. 작업하는 것보다 요리하는 것을 좋아한다.

5

창문

지금으로부터 이십여 년 전, 나는 처음으로 고양이와 한집에서 살기 시작했으며 미숙하고 어리석은 삶의 과정에서 그를 배신하였다. 과보를 받을 일은 거기서 그치지 않았고, 양지바른 창가에서 마음껏 볕을 받으며 낮잠을 즐기는 지금의 가족을 바라볼 때 마음이 저리게 되었다. 그럼에도 나는 밤색으로 반짝이는 포근한 몸에 얼굴을 묻고 짭짤한 눈물을 짜다가 '골골골골' 들려주는 낮은 진동을 듣는다. 아이들은 어느새 작고 뾰족한 손톱들로 내 손을 꼭 쥐어주면서 아슬아슬하게 평형을 지킨다.

우리집은 도심에서 멀지 않은 나지막한 산기슭에 있다. 해발 90미터 가량 되는 지점, 엘리베이터가 없는 건물 꼭대기층이라서 오르막을 지나 계단을 걸어 오른다. 숨이 찬 건 익숙해졌다. 해가 바뀔 때마다 주차장과 현관이 엘리베이터로 연결된 신식 주택이 들어서는 동네이지만, 어떤 이유에서인지 이 공간에서는 공사장 소음도, 도로의 차 소리도 잘 들리지 않는다. 한여름에 이불 한 채와 수트케이스 두 개를 들고 이사하여 처음 맞이한 새벽, 이웃한 절에서 퍼져오는 범종 소리를 들었다. 그 이후 하루도 거르지 않고 종이 울렸으며 또 앞으로도 그럴 것임을 확신한다.

북동쪽을 향한 창문으로 아침 햇살이 쏟아져 들어와 한겨울에도 일광욕 하기에 좋고, 남서쪽을 향한 창문으로는 건물에 가리지 않은 넓은 하늘을 보며 변하는 날씨와 계절을 느낀다. 우리 가족은 창문 앞에서 대부분의 시간을 보낸다. 외출했다가도 언덕 위 마을버스 정류장에서 집을 내려다보면 배우자의 방에 전등불이 들어왔는지, 아이들이 베란다에 나와 길친구와 눈을 맞추고 있는지 알 수 있다.

배우자와 나는 고양이들을 보살핌이 필요한 자녀로 대하고 아이들이라고 부른다. 우리집에서 태어나 성장하는 모습을 보아오기도 했지만, 이들이 갇힌 동물captive animal이라는 것을 인정하기 때문이기도 하다. 많이들 그렇듯, 우리는 안전과 위생을 위해 아이들을 혼자 내보내지 않았으며 창밖 풍경을 즐기면서도 실제로 나갔을 때 두려움을 느끼는 전형적인 실내 고양이indoor cat로 길들였다. 이 집에 오기 전까지 나는 미국 동북부의 소도시에서 살았는데, 빙하가 쓸고 가며 형성된 산맥과 작은 호수들에 둘러싸인 한적한 곳이었고 마당과 숲과 시가지를 배회하는 고양이를 자주 만났다. 여행 간 친구들을 대신해 고양이를 돌보러 가 보면 아침에 나갔다가 저녁에 들어오는 것이 일상이었다. 나무를 타거나, 누군가를 만나거나, 덤불 아래서 낮잠을 자다가도 저녁에 이름을 부르면 실뱀이나 박새 같은 동물들을 하나 물고 들어와 발치에 놓아주고는 신경써서 마련해 두는 홀리스틱 사료를 먹고, 플라스틱 화장실에 담긴 벤토나이트 모래에 똥오줌을 파묻고, 무릎이나 방석 위에서 뒹굴거리다가 잠들었다. 비나 눈에 흠뻑 젖거나, 도꼬마리 열매로 뒤덮이거나, 싸웠는지 피를 철철 흘리며 돌아온 적도 있고, 교통사고로 혹은 옆집 개에 물려 죽어 마당에 묻고 장례를 치른 일도 있었지만, 고양이가 시야를 떠나 나름대로 보내는 시간을 염려하는 사람은 없었다.

나는 지금까지도 이런 삶의 방식과 우리 가족의 일상을 비교한다. 스무 평 집 속에서 태어나 병원 갈 때를 제외하고는 이곳을 벗어나지 않는 아이들이 답답하지 않을까, 심심하지 않을까 조바심을 내기도 하고, 바깥 세상의 매혹적인 다양성을 평생 알지 못할 것이 안쓰러워서 언젠가 마당이나 숲이 있는 환경을 만들어주고 싶다는 바람을 품는다. 다음에 살 곳을 상상하며 배우자와 함께 '전원'에 다녀보지만 도심에 비해 더 안전하거나 평화로워 보이지 않는다. 녹지를 좋아하는 취향, 아이들을 돌봐야 한다는 책임감은 많은 부분 내 관성일 뿐 아이들이 경험하는 세상은 다를 것임을 상기한다.

우리는 창가에 앉아 빛과 바람의 입자를 느끼거나 숲과 주택가에 다녀가는 새들의 생애주기를 따라가고, 어슬렁거리며 산기슭을 타고 오르다가 오줌을 누고 낮잠을 청하는 길친구와 대화하고, 집에 난 구멍을 드나드는 수많은 물체에 대체 뭐냐며 경외하기도 한다. 문을 닫거나 소독하기보다는 같이 숨쉬고 나눠 먹고 핥아주고 끌어안은 채 미생물총microbial co-commnity이 정하는 덩어리가 된다. 우리는 상대가 감각하지 못하는 모습과 냄새와 소리를 서로에게 전하고, 의식을 확장한다.

이렇게 보내는 시간 동안, '나'는 피부로 둘러싸인 개체로서의 자신, 유리나 방충망으로 시야를 열어 둔 창문 속 우리집의 물리적 공간, 그리고 인간에게 배운 언어적 상징과 도덕성과 생물종의 경계 같은 여러 종류의 막membrane을 넘어 '우리'의 세상으로 녹아든다. 이같은 종간 조우interspecies encounter의 경험을 무엇이라 해석할 수 있을까? 서로 다른 생물 사이 마음이 통한 것[1]으로 보면 될 것인가, 혹은 인간이 아닌 생물에게 마음이라는 속성을 부여하는 것은 그들을 우리와 동일시하려는 인간중심적 문화의 산물[2]일 뿐인가? 또는 각자의 '동물적 시선animal gaze', 즉 능동적 주관성active subjectivity을 가진 시선을 통해 나름의 방식으로 서로를 바라본 것[3]인가, 아니면 상대의 움벨트umwelt[4]에 이입하여 "우리가 다른 자아들의 의도, 목적, 바람을 알 수 있다는 믿음을 가짐으로써 세상 속에서 행동할 수 있게 되는the belief that we can know the intentions, goals, and desires of other selves allow us to act in this world"[5] 상태라고 설명할 수 있는가? 학교에 다니고

---

1. Clinton Sanders & Arnold Arluke, "If Lions Could Speak: Investigating the Animal-Human Relationship and the Perspectives of Nonhuman Others," *The Sociological Quarterly* 34, no. 3 (August 1993): 384.

2. Richard Hilbert, "People are animals: Comment on Sanders and Arluke's 'If Lions Could Speak'," *The Sociological Quarterly* 35, no. 3 (August 1994): 535.

3. Wendy Woodward, *The Animal Gaze: Animal Subjectivities in Southern African Narratives* (Johannesburg: Wilwatersand University Press, 2008), 1.

4. 움벨트란 독일을 중심으로 활동한 생물학자 야콥 요한 폰 웩스퀼Jakob Johann von Uexküll이 1934년에 발표한 원고「동물과 인간 세계로의 산책」에서 제안한 개념으로 생물마다 감각하고 경험하는 다양한 삶의 환경을 뜻한다. 생물마다 신체가 다양하여 서로의 경험을 정확히 알 수 없을지라도 마음을 열면 그 입장을 헤아릴 수 있음을 암시한다. 이 개념은 마르틴 하이데거를 비롯한 여러 사상가들에 영향을 주었고, 현대 바이오기호학biosemiotics으로 계승되었다.
"우리는 더이상 동물을 기계로만 취급하지 않으며, 활동의 본질이 지각과 행동으로 이루어져 있는 주체로 여긴다. 하나의 주체가 지각하는 것은 그의 지각계perceptual world이며 그가 하는 모든 행동은 실행계effector world이므로 이를 바탕으로 우리는 다른 영역으로 가는 문을 열 수 있다. 지각계와 실행계를 통틀어 움벨트Umwelt라고 한다. 동물이 다양한 만큼 따라서 다양한 이 세상들이 있기에 자연 애호가들이 그 사이를 산책하며 그 풍요로움과 아름다움을 경험할 수 있다. 비록 그 세상들이 물리적으로 체험할 수 있는 것이 아니라 정신의 눈으로 보는 것일 지라도. 자, 그러니 독자여, 이 경이로운 세상 속을 함께 걸어보자." Jakob von Uexküll, "A Stroll Through the Worlds of Animals and Men: A Picture Book of Invisible Worlds," in *Instinctive Behavior: The Development of a Modern Concept*, edited and translated by Claire H. Schiller (New York: International Universities Press, 1957), 5, 필자 옮김.

5. Eduardo Kohn, "How dogs dream: Amazonian natures and the politics of transspecies engagement," *American Ethnologist* 34, no. 1 (February 2007): 7.

문자의 세계를 탐색하며 만난 대상관계론 저자들의 해석에 일리가 있다고 생각하지만, 낯선 개체 사이에 발생하는 찰나의 마주침을 넘어, 하나의 생물체가 끝나고 시작되는 지점을 변별하기 어려워지는 활착活着, 이동移動, 공생共生같은 상황에 대입하기 적당한지는 더 생각해 보아야 할 것 같다.[6]

이따금씩 인터넷 검색창에 “Kunstformen der Natur”[7]라 입력하고 떠오르는 그림들을 넘겨 본다. 대체로 에른스트 헤켈Ernst Haeckel의 책에 실린 삽화가 격자를 거듭하며 나타난다. 화려하고 섬세한 조형성 덕에 원화나 원서를 접하지 않은 대중에도 널리 알려진 이미지들이다. 헤켈의 생물 이미지는 상당히 세밀하게 제작되어 있지만 분류학적 소통에 유용한 보편적 정확성보다는 환각의 경험을 연상케 한다. 그가 19세기 후반 “œcologie”, 우리말 번역으로 ‘생태生態’라는 용어를 처음으로 학술 도서[8]에서 사용한 사람이라는 점을 떠올려 본다. 이 단어의 접두사인 ‘œco’의 그리스어 원형은 ‘οἶκος’인데, 농경 중심 도시국가의 기본단위로서의 ‘집’을

6. 여기서 ‘활착’, ‘이동’, ‘공생’은 생물학에서의 용례를 참고하였다. 활착은 둘 이상의 식물이 접합에 의해 붙어서 사는 현상, 혹은 식물을 새로운 장소에 옮겼을 때 뿌리내리고 정착하는 현상을 뜻한다. 이동은 물질이 서로 다른 생물 개체, 혹은 생물 종 사이를 오가는 현상을 뜻한다. 그 중에서도 유전물질이 생식을 통해 후대로 수직 이동하는 대신, 서로 다른 종의 생물 사이를 실시간으로 이동하는 수평적 유전자 이동horizontal gene transfer 기제가 증명되면서 생물 종 구분과 진화를 완전히 다른 시선에서 볼 수 있게 되었다. 공생은 생물학적 관점에서 서로 다른 종으로 구분되는 둘 이상의 생물 혹은 생물군이 서로 영향을 주고받는 관계를 말한다. 그 관계에서 어느 편이 득과 실을 취하게 되는지에 대한 여러 해석을 바탕으로 상리공생, 편리공생, 편해공생 등으로 나누어 설명하기도 한다. 공생 관계를 맺고 있는 생물군 안에서 종 구분을 넘나드는 물리적 접합 혹은 물질 교환이 이루어지면서 개체, 혹은 종 구분의 경계를 모호하게 만든다.

7. 19 세기 후반 독일에서 발행된 도판집으로, 주로 미생물과 동식물의 모습을 독특하게 도식화한 판화들로 이루어져 있다. Ernst Haeckel, *Kunstformen der Natur* (Leipzig & Wien: Bibliographisches Institut, 1899). 쿠르트 슈튀버 온라인 도서관에서 초판본의 디지털 스캔을 열람할 수 있다. “Ernst Haeckel: unstformen der Natur 1899–1904,” *Kurt Stüber’s Online Library*, last modified July 28, 2005, http://www.biolib.de/haeckel/kunstformen.

8. Ernst Haeckel, *Generelle Morphologie der Organismen* Vol II (Leipzig: Georg Reimer, 1866), 286.

상징한다. 헤켈은 학자로 명성을 얻기 전 젊은 나이에 고향을 떠나 전원에 머무르며 광학현미경을 매개로 물과 흙에 사는 생물을 만나는 데 심취했다고 한다. 헤켈이 기록한 조형들은 아마도 사람의 사회로부터 거리를 두고 몸과 마음을 맡긴 새로운 집에서 경험한 확장된 자아의 표상이었으리라. 그 집 속 삶의 논리는 흔히 알려진 사람의 생애주기, 물적 경계, 사회적 역할을 따르기보다는, 원초적인 생명의 단위들이 만나거나 갈라져 온 복수종 생물들의 만남에서 비롯되었을 것임을, 도판을 넘기며 짐작해 본다. 실로시빈 버섯을 먹고 한시적으로나마 균사처럼 확장하는 새로운 자의식을 얻거나 신체변형을 통해 표범처럼, 도마뱀처럼, 앵무새처럼 변신하여 살아가는 자들의 마음을 헤아려 본다. 아이들과 나는 각자의 유전체를 견고하게 지키고자 진화한 보수적인 막으로 둘러싸여 있으며 동식물계에 속하지 않는 수많은 생물에서 알려진 것처럼 유연하게 신체 일부를 짜깁기할 수 없다.[9] 나와 아이들이 함께 숨쉬고, 먹고, 뒤엉켜 잠을 잔다고 해서 이내 내가 손톱을

---

9. 미국의 분자생물학자 조슈아 레더버그Joshua Lederberg는 1946년 지도교수 에드워드 테이텀Edward Tatum과 함께 발표한 논문 「대장균의 유전자 재조합Gene Recombination in *Escherichia coli*」을 통해 두 개의 다른 대장균 균주를 섞어 놓으면 유전자 재조합을 통해 새로운 잡종이 발생한다고 보고함으로써 오늘날 널리 알려진 수평적 유전자 교환horizontal gene transfer 이론을 뒷받침하는 사례를 처음으로 학계에 제시하였다. Joshua Lederberg & Edward Tatum, "Gene Recombination in *Escherichia coli*," Nature 158, (October 1946): 558. 나아가서 그는 1952년 제자인 노튼 진더Norton Zinder와 함께 발표한 「살모넬라균의 유전자 교환Genetic Exchange in Salmonella」에서 바이러스가 박테리아 사이를 오가며 유전물질을 옮길 수 있음을 보이고 이 기제를 형질도입形質導入, transduction이라 명명했다. Norton Zinder & Joshua Lederberg, "Genetic Exchange in Salmonella," *Journal of Bacteriology* 64, no. 5 (November 1952): 679–699. 동물계에 속한다는 인간은 상징을 써서 지식을 전달할 때는 수평적으로 얽힌 정보망을 활용하면서도 신체, 혹은 유전체에 있어서는 같은 종 안에서 암수의 성적 결합을 통해 다음 세대에 수직적으로 전달하는 방식만을 떠올린다. 그러나 오늘날의 생태학은 신체적 정체성을 단일 개체가 아닌 수많은 생물의 군집의 관점에서 다시 보게 만들어 준다. 또한 진화생물학적 탐구를 통해 우리를 구성하는 세포 속 미토콘드리아(혹은 식물 세포 속 엽록체)가 세균에서 비롯된 별도의 유전체를 가지고 있어서 한 사람 한 사람의 몸이 곧 생물종을 초월하는 상호 감염과 공생에 대한 살아 있는 화석임을 인식하게 되었다. 이러한 관점들은 인간이 구축해 온 과학적 종 구분 방식을 재고하게끔 만들어 준다.

숨길 수 있게 되거나 아이들이 한국어로 발화하기 시작하는 것은 아닐지언정, 우리는 분명 독특하고 배타적인 생태를 이루었다. 이 관계에 몰두할수록 집 밖을 나서기 어려워지는 이유는 아이들이 나와 배우자 이외의 다른 인간과 거의 접촉하지 않기 때문일 것이다.

까마득한 어느 날, 입춘을 맞아 집 안으로 스며든 온난하고 습한 공기를 따라서 홀린 듯 창문을 활짝 열어젖힌 적이 있었다. 그 때 어느새 곁에 와 있던 아이가 창문을 통해 날아갔다. 찰나의 순간, 기대로 벅차오른 도약을 보았고 반짝이는 눈동자와 마주쳤다. 그 후의 몇 시간은 꽉 막힌 도로, 캐묻는 택시 기사, 공사장에 가려 출입구를 찾을 수 없었던 도심 사거리의 병원, 응급처치와 청구서, 그리고 의사가 내미는 장례업체 전단지로 채워졌다. 그날 이후, 인간이 사는 세상에 나갈 때 눈을 감고 귀를 닫는다.

오늘도 나는 아이들을 꼭 끌어안고 밤색으로 반짝이는 포근한 몸에 얼굴을 묻는다. 짭짤한 눈물을 짜다가 '골골골골' 들려주는 낮은 진동을 듣는다. 작고 뾰족한 손톱들이 가만히 파고든다. 이 아름다운 영혼이 아프지 않기를, 슬프지 않기를, 안전하기를, 화목하기를 온 마음으로 기원한다. 언젠가 몸을 떠나는 날, 인간이 거래하는 시장 한복판이 아닌 우리집, 우리 품 안에 있기를 바란다. 지금처럼 매일 함께 창문 너머 숲과 동네를 여행하다가 시간이 오면 한데 부서지고 섞여서 흙이 될 수 있도록 애써 집을 지키려고 한다.

이소요

서울 북서쪽의 바위산 기슭에 고양이 가족과 살고 있는 미술 작가이다. 자연사와 자연과학에서 비롯된 생물 표본, 모형, 도해에 관심을 가지고 공부해왔다.

6

방구석과 세계를 연결해 주는 고양이

키운다 혹은 키우지 않는다

누군가 '고양이를 키우냐'고 물어 오면 나는 항상 살짝 머뭇거린다. 마치 사회와 제도가 인정하지 않는 관계를 호명할 때처럼 잠깐 말문이 막힌다. 내가 이렇게 머뭇거릴 때 떠올리는 한 고양이는, 함께 산다고 하기에는 집안에 있는 시간만큼이나 외출과 여행의 시간이 길고, 밥을 챙겨주는 캣맘과 길냥이 사이라고만 하기에는 삶의 많은 부분을 공유하며 친밀한 거리를 유지하고 있기 때문이다. 이렇게 말하고 보니 엄청난 불륜 관계를 비장하게 고백하는 것 같아 쑥스럽지만 '반려'라고 단순하게 이야기할 수는 없는 한 고양이와의 묘한 연애 혹은 우정을 고백해 보려고 한다. 이 친구를 만나기 전까지는 그저 익숙하고 일반적인 질문이라 여겼던 '고양이를 키우냐'는 말에 쉽게 대답하지 못하게 되면서, 나와 이 분의 관계에서 나아가 집사와 고양이 그리고 인간과 동물의 관계에 관해 자주 생각하게 되었다. 보통은 '키운다 / 키우지 않는다' 두 가지 중 하나로 답이 정해져 있다고 생각되는 존재와 이도 저도 아닌 관계를 만들고 있는 덕에, 나는 그 어색한 질문을 다시 돌아보게 되었다. '키운다'거나 '기른다'라는 말이 함의하는 대상, 보살피고 돌봐야 하는 수동적인 존재의 숙명들. 코린 펠뤼숑은 "인간은 동물을 애지중지의 대상이거나 경멸의 대상으로 규정한다"[1]고 말했다. 오늘날의 동물들 그리고 집안과 거리의 고양이들에게 우리는 어떤 관계와 역할을 요구하고 있는 걸까.

홍대와 연남동에서 가로수길로, 거기서 다시 서촌으로, 서울의 젠트리피케이션으로 인해 반복적으로 터전을 이동해야 했던 나는 들썩이는 도시의 재개발에 지친 나머지 개발의 과열에서 벗어난 서울의 경계 지역, 그린벨트로 둘러싸인 동네로 이주하게 되었다. 시내에 살던 때에도 길냥이들에게 종종 먹거리를 챙겨 주며 짧은 인연들을 만들긴 했지만 서울에서 알게 된 고양이들과의 만남은 길지 못했다. 아스팔트 위 도시의 길 생활은 물 한 모금 구하기 어렵고 시시때때로 로드킬의 위험에 노출돼 있다. 언제나 긴장되고 불안한 환경 속에서 고양이들은 안정적인 생애주기를 살아내기 쉽지 않았을 것이다. 시내에서 다소 떨어진 곳으로 옮겨온 이곳도 여타 서울의 소시민들이 사는 동네와 별반 다르지 않게 연립주택이 주를 이루는 곳이었다. 하지만 더 자세히 들여다보면 조금 다른 부분이 있었다. 절대 단 한 뼘도 노는 땅을 만들어 놓지 않던 이전의 거주 지역과 달리, 시간차를 두고 천천히 지어진 집과 집 사이에는 사각지대 같은 공간이나 이상한 모양으로 남겨진 공터가 더러 있었다. 건물과 건물 사이의 길 또한 차 한 대 지나가기 어렵던 좁은 골목과는 다르게

1. 코린 펠뤼숑, 『동물주의 선언』, 배지선 옮김, 책공장더불어, 2019, 70쪽.

여유가 있었다. 무엇보다 그린벨트라는 이름으로 억지로 개발을 제한하고 있는 통에 고층 건물은 지을 수 없는 곳이었고, 낮지만 정돈되지 않은 날것의 풍경이 살아 있는 산과 주말농장으로도 활용되는 밭으로 둘러싸여 있었다. 분명 너무 서울 같은데 또 서울 같지 않은 곳. 억지로 높은 건물을 줄이고 사람이 살 수 없는 곳을 만들어 놓으니 조금만 고개를 돌리면 집보다 나무가 많았고, 뒷산 초입부터 오색딱따구리의 소리가 들렸다. 사람이 아닌 생명체가 살기 위해서 엄청난 대자연이 있어야 하는 것은 아니었다. 도시에서도 조금만 여지가 있다면 충분히 많은 존재들이 공존할 수 있다는 걸 여기 와서 어렴풋하게나마 인식할 수 있었다. 하지만 현재의 인간에게 땅, 특히 도시의 땅은 단 한 조각도 자본의 논리에서 피해갈 수 없기 때문에 그 여지를 만들기가 어려울 것이다.

내가 구한 집 뒤에도 비밀 기지 같은 공간이 존재했다. 건물 1층을 통해 뒷문으로 나가지 않으면 밖에서는 들어오기 애매한 곳이었다. 사람들이 오고가는 길과는 바로 연결되지 않고 뒷건물에서는 벽을 타고 넘어야 들어올 수 있었는데, 대부분 쓰레기가 쌓여 있는 메마른 작은 화단으로 이루어져 있어 별 기능이 없는 땅으로 보였다. 처음 이곳에 왔을 때 무심코 뒷문으로 나갔다 이 버려진 공간을 보고는 무조건 여기서 지내야겠다 결심했다. 내가 가진 작은 예산으로 독립된(것 같은 착각이 드는) 야외 공간을 가질 수 있다는 것에 단숨에 매료되었고, 그곳이 생전 가져본 적 없는 나만의 작은 마당 같이 느껴졌다. 외곽으로 나왔어도 서울 내에서 이 예산으로 구할 수 있는 집의 크기는 고만고만했지만, 이런 여지의 공간이 숨 쉴 여유를 주는 기분이 들었다. 지금까지 버려져 있던 이 공간은 내가 이사한 후 텃밭으로 점점 변모하며 지금부터 이야기할 고양이들과의 비밀 아지트가 되었다.

아지트에 등장한 손님들

작은 마당이 된 공터 텃밭에는 각종 채소와 허브가 점점 늘어갔다. 당시 집에서 함께 살던 고양이 바리와 크론이 좋아하던 캣그라스 밀싹도 심고 잠깐 해가 드는 늦은 오후에는 이 공터에 나가서 풀멍(풀을 보며 멍 때리는 짓)도 하고 독서도 했다. 그러던 어느 날 어린 고양이 한 마리가 이곳에 놀러 왔다. 사실 이곳은 외부 '사람'만 들어오기 애매하지 새와 고양이는 경계 없이 들락거렸다. 뒷건물 사이의 벽은 인간에게는 난감한 높이지만 성묘라면 한 번에도 뛰어오를 수 있었다. 그날 만난 어린 고양이는 구조해야 할 만큼 연약한 상태는 아니었지만 엄마 고양이와 조금 일찍 떨어진 것 같았다. 텃밭 너머 담벼락 앞에서 넌지시 나와 눈을 마주쳤다. 얼마 전 한 소설에서 "세 번째로 그(고양이)와 눈을 마주쳤을 때 (중략) 이제부터 해야 하는 일을 알았다."[2]라는 구절을 읽으면서 나는 이날의 눈빛 교환을 떠올렸다. 처음에는 약간 외면하고 돌아섰다가 뒤통수가 자꾸 간지러워서 한참 후 다시 밖을 보았을 때 여전히 그 자리에 있었다. 흰색과 검은색이 정확히 반씩 섞여 한쪽 눈만 가리는 검은 마스크를 쓴 것 같은 개성 강한 무늬를 가졌던 고양이. 나 또한 세 번 정도 다시 창밖을 바라보았고 고양이가 여전히 겁도 먹지 않은 채 그 자리에 그대로 있는 걸 보면서, 소설 속 표현처럼 "지킬 수 있다면 지켜야 해, 지킬 수 없어도 지켜야 한다"[3]는 마음이 훅 불어왔다.

만나는 길고양이에게 주려고 가방 속에 가지고 다니던 일명 '봉지밥'을 뒤져 찾아, 급한 대로 함께 슬쩍 놓아 주었다. (봉지밥은 한 캣맘 아주머니께 배운 방법인데, 돌봄이 필요한 길고양이들에게 밥을

2. 한유주, 「눈과 호랑이와 고양이가」, 『문학동네』 102호, 2020 봄, 288쪽.

3. 위와 같음.

줄 때 가장 작은 사이즈의 크린백 봉지에 사료를 넣고 묶어 던져주는 것이다. 밥그릇이 자주 엎어지는 문제도 해결되고, 고양이들이 봉지를 입에 물고 마음 편한 곳으로 가져가 먹을 수 있는 장점도 있다. 단 비닐을 뜯을 때 잘못하면 비닐 조각이 목으로 넘어갈 수 있으니 조심해야 한다는 의견도 있다. 한동안 이 봉지밥을 서너 개 가방 안에 가지고 다니다 너무 굶주려 보이는 아이들을 만날 때 던져줬는데, 후각이 좋은 고양이들은 냉큼 입에 물고 자신의 자리로 총총 이동하곤 했다.) 밥을 주기 전 머뭇거린 것이 좀 머쓱해졌다. 그 고양이는 다음 날도 비슷한 시간에 찾아와 나를 불렀다. 그리고 이틀 후엔 딱 봐도 형제일 것 같은 어린 고양이 둘을 데리고 나타나기에 이르렀다. 맛있는 밥 먹을 수 있는 곳 안다며 앞장서 데려온 것인지, 겁먹은 형제 고양이들은 화단 뒤에 숨어 있고 밥 좀 몇 번 먹어본 대표가 앞으로 나와 나를 불렀다. 광경이 귀엽기도 하고 놀랍기도 해서 세 배의 사료를 듬뿍 주고 들어와 또 탐정처럼 숨을 죽이고 창 너머로 몰래 지켜보았다. 인간이 사라진 것을 확인한 후 사이좋게 셋이 나누어 먹고 있었다. 그렇게 용기 있는 대장이 앞장서고 두 소심한 형제가 뒤따르는 삼각 편대는 매일 놀러왔다.

한 달쯤 지났을까. 아주 무더운 8월 중순의 어느 날이었다. 뒷문을 열고 나가 줄어든 사료량을 살핀 후 화단을 둘러보다 바닥에 주저앉고 말았다. 구더기가 가득 생겨 형체조차 자세히 알아볼 수 없었지만 분명 고양이의 사체였고, 대장이라는 걸 직감했다. 마음을 진정하고 생각에 사로잡혔다. 동물들이 죽음이 다가왔을 때 마음 편히 쉴 수 있는 곳에 가서 죽음을 맞이한다는 말이 떠올랐다. 첫 만남에서 이 이상한 공터가 따사로운 넓은 마당으로 느껴졌던 나의 착시처럼 대장에게도 이곳이 그렇게 느껴졌던 것일까. 대장은 자신이 마지막 휴식 장소로 선택한 그 작은 화단에 묻혔다. 나머지 두 형제가 대장

대장이

없이 용기 내서 올 수 있을까 걱정했지만, 그들은 성묘가 된 후에도 한동안 함께 다니며 정기적으로 밥을 먹으러 왔다. 대장은 형제들에게 생존할 수 있는 장소를 만들어 주고 가느라 그렇게 용기를 냈던 걸까. 형제 중 말이 없고 가늘게 뜬 눈으로 사색하기를 좋아하는 송이는 8년의 시간을 살아남아 길고양이로서는 장년의 시기를 지내고 있다.

대장의 형제를 시작으로 많은 고양이가 나의 아지트에 놀러왔다. 어떤 고양이는 매일 오고 어떤 고양이는 며칠에 한번씩 들렀다. 누군가는 주로 낮 시간에 밥을 먹고 텃밭에서 몇 바퀴 구르며 쉬다 돌아갔고, 어떤 친구는 꼭 야심한 새벽에 스리슬쩍 와서 어둠 속에서 배를 채우며 어그적 어그적 사료 씹는 소리로 나를 깨웠다. 언젠가부터 잠결에 듣는 그 생존 신고 소리를 좋아하게 되었다. 그렇게 나는 창문 뒤에 숨어서 동네의 고양이 계보를 엿보고 파악할 수 있게 되었다. 영역 동물이라 발정기에는 싸움이 일어나기도 했지만 비슷한 연령대, 비슷한 체구의 고양이가 특정 시기에 잠깐씩 부딪힐 뿐, 큰 덩치의 고양이가 약한 고양이를 공격하거나 특정한 한 마리의 고양이가 이 공간을 일방적으로 모두 독점하는 일은 없었다. 고양이들은 자기들끼리 시간표라도 만들었는지 묘하게 시간차를 두고 찾아왔다. 어쩌다 서로 마주치면 투명인간, 아니 투명고양이처럼 서로 본체만체 스쳤고, 누군가 먼저 밥을 먹고 있으면 저 멀리 텃밭에서 기다렸다.

우리는 고양이를 매우 독립적인 동물로 알고 있고 실제로 그렇기도 하지만, 인간의 삶의 방식으로 상상하고 정의하는 '독립적'이라든가 '개인주의적'이라는 단어의 의미가 얼마나 고양이의 삶과 어긋나는지 자주 생각하게 되었다. 항상 집단생활을 하는 것은 아니었지만 대장이 그랬던 것처럼 연약한 고양이를 돕거나 보살펴 주는 모습을 보기도 했다. 동네에서 가장 큰 덩치였던 수컷 두두는 조카뻘쯤 되는 쵸코와 자주 함께 왔다. 매번 먼저 밥을 먹지 않고 쵸코가 밥을 먹는 동안 그루밍을 하면서 슬쩍 망을 보고 비호해 주었다. 무엇보다도, 고양이들은 많은 양의 사료가 있어도 자신이 먹을 만큼만 먹고 갈 길을 갔다. 누구도 필요 이상으로 더 가지려 과하게 욕심을 내지 않았다. 나와의 거리는 1미터 정도를 유지하며 지냈다. 정도의 차이는 있겠지만 인간이라는 존재 자체가 이들에게 위협인 경우가 많을 것이기에 1미터에서 한 걸음만 더 다가가도 두려움의 눈빛을 느낄 수 있었다. 특히 어린 고양이의 경우 길냥이로 삶을 살아가는 방법을 터득하기도 전에 내가 방해가 될까 봐, 치명적인 귀여움을 내뿜어도 쉽게 가까이할 수 없었다. 그렇게 이 아지트는 작은 세계가 되어 나름의 질서를 유지하며 돌아가고 있었다.

그 후 길고양이 중성화 사업(이하 TNR[4])이 시범사업으로 진행되기 시작하면서, 이 공터를 찾는 친구들이 건강하고 안정적으로 살 수 있도록 포획–중성화–방사 과정을 반복하며 두 계절을 보냈다. 포획 과정에서도 개묘個猫별 성격 차이에 울고 웃었다. 포획틀 안에 매혹적인 간식을 넣어두고 고양이를 유인하는데, 포획을 시도하기 전 며칠은 평소 먹던 사료를 치우고 배고픈 상태를 만들었다. 그런데 그렇게 배고픈 와중에도 뭔가 위험을 감지하고 어디론가 피난을 가 있는 고양이부터 이미 TNR을 다녀와 귀가 잘린 표식이 있는데도 틀 안에 몇 번이고 다시 들어가 간식을 먹는 태평한 고양이까지 가지각색이다. 특히 쵸코는 어차피 열어줄 것을 간파하고 매해 TNR 포획 때마다 평소에 쉬 먹지 못하는 기름진 캔으로 배부르게 간식 파티를 열고는 그루밍을 하며 닫힌 문을 열어주기를 기다린다.

---

4. 'Trap·Neuter·Return'의 약자로 길고양이 개체 수 조절을 위해 포획 후 중성화 수술을 하고 다시 방사하는 사업을 뜻한다.

공터에 오가는 친구들이 많아지고 TNR 포획틀 설치니 뭐니 부산 떨 일도 생기니 주민들에게 양해를 구할 일이 많아졌다. 특히 아지트 공간은 건물 1층에 거주하는 이들이 접근할 수 있는 공터였기 때문에 1층에 입주한 다른 분들에게 고양이가 혐오의 대상이 된다면 절대 안 될 일이었다. 고양이에게 정기적으로 밥을 주면 음식물 쓰레기봉투를 뜯을 일이 없어 오히려 주변이 깨끗해질 것이고 TNR을 진행하면 개체 수 감소에 큰 도움이 될 것이라는 이야기를 언제나 바로 말할 수 있도록 되뇌었다. 가끔씩 몇몇 주민의 훈수를 들어야 했지만, 다행히도 1층 주민 대부분은 배려를 해 주었다. 그 배려는 시간이 지날수록 호의가 되었고 또 협력까지 이어진 분도 생겨, 불쑥 서울을 떠나거나 출장을 가더라도 밥을 주기로 한 약속에 대해 자책하지 않고 고양이들과의 관계를 용기 있게 지속할 수 있었다. 연고도 없고 비슷한 커뮤니티를 공유하는 친구들도 없는 완전히 낯선 지역으로 이주를 했는데, 집 밖의 고양이를 통해 새로운 관계가 만들어진 것이다. 누구의 소유도 아닌 동네에 함께 사는 이웃으로서의 고양이와, 고양이를 통해 연결된 이웃들. 이런 새로운 관계의 시작은 함께 살던 고양이를 보낸 후의 상흔을 보듬어 주었다.

내가 너를 지킨 것이 아니라 네가 나를 지켰다

지금은 별이 된 바리, 크론과 함께 살았던 삶은 너무 감사한 시간이었고 근본적으로 나를 많이 바꾸었다. 하지만 바로 내일이 어떻게 돌변할지 모르는 불규칙한 스케줄과 이동이 잦은 삶의 패턴 때문에 함께 사는 고양이들에게 안 좋은 영향을 줄까 항상 전전긍긍해야 했다. 한없이 연약하고 불안했던 당시 나의 감정적 상태 또한 직관이 뛰어난 고양이들에게 고스란히 전달되었을 것이다. 그들이 무지개다리를 건넌 뒤 시간이 꽤 지났는데도,

크론과 바리

바리와 크론에게 긴장감을 주었던 구체적인 몇 장면이 떠오르면 여전히 마음이 와르르 쏟아져 버린다. 특히 신부전을 앓았던 바리의 마지막 투병 기간은 돌이켜 떠올리기조차 버거운 힘든 시간이었다. 하루에도 십수 개의 보조제를 바리에게 먹이고 두세 번의 수액 주사를 놓았다. 한국에서 구하기 어려운 해외의 처방 사료와 공식적으로는 판매하지 않는 보조제 등을 찾아 각종 인터넷 카페와 거래 사이트를 찾아 헤맸다. 환묘를 위한 정확한 정보를 찾기 어렵고 안정적인 치료를 위한 제도, 환경 그리고 인식도 미비한 이 사회에서 경제적으로도 여유롭지 못했던 나는, 위치를 파악할 수 없는 사막에 홀로 떨어져 있는 기분으로 매일 모래 속으로 푹푹 빠지는 발을 힘겹게 꺼내며 걸었다.

사람이라면 연명 치료 등 치료 방식에 관해 당사자의 의사를 듣고 고민할 수 있었겠지만, 고양이는 그럴 수 없다는 사실이 너무 괴로웠다. 내가 하는 처치들은 인간에 의해 갇힌 공간에서 평생을 살게 된 이 존재들에 대한 최선이고 예의라고 생각했다. 그러나 사회적 시선은 달랐기에 나의 노력은 유난이 되기도 했고 사람 가족에게라면 쉽게 하지 못했을 말 또한 많이 들었다. 그때 고양이와 가족으로 살고 있는 다른 친구들을 떠올리며 공동 육묘라든가 고양이 커뮤니티에 대한 생각을 어렴풋하게 했던 것 같다. 우리와 우리 고양이들의 조금 더 나은 미래에 대해서.

바리가 투병하는 동안 나는 매일 바리의 몸 상태를 관찰하고, 여러 처방을 자가로 시행하면서, 오늘은 바리의 기분이 어떤지 알기 위해 오감을 동원한 커뮤니케이션에 온통 몰입했다. 일방적으로 나만 하는 것은 아니었다. 충분히 수고하고 있다고 보내 주던 솜뭉치 손길(아니 발길)과 따뜻한 눈빛, 그리고 더이상 손쓸 수 없던 마지막 순간까지 건네 주던 바리의 목소리는 지금도 내게

선명하게 남아 있다. 출장을 가느라 집을 비우던 어느 날 걱정이 되어 설치했던 CCTV 앱을 우연히 열었다가, 모바일 너머로 재현된 장면을 보고 나는 타지에서 한참을 울었다. 두 번째 집사인 나의 파트너가 바리에게 보조제를 먹이고 수액 투여까지 마친 뒤 주사기며 약통들을 채 정리하지 못하고 방바닥에서 지쳐 잠들었는데, 바리가 그를 넌지시 오래도록 바라보다가 이불도 없이 불편하게 잠든 그의 옆자리에 가만히 파고들어 눕는 것이었다. 둘만의 비밀스러운 애정의 장면을 훔쳐본 것 같아 미안했지만 CCTV 화면을 쉽게 끄지 못했다. 집사도 환묘도 목적지가 막다른 끝이라는 걸 알면서도 캄캄한 터널 속을 계속 걸어가야 하는 두려운 시간이었다. 사실 끝이 온다는 걸 아는 것보다 그 끝이 어디쯤인지 보이지 않는다는 것이 더 불안했던 것 같다. 하지만 언제인지 모르는 그 순간을 조금이라도 유예하고 싶어 했던 애틋한 시간이기도 했다. 어쩌면 건강했을 때보다 이때 나누었던 감정이 슬프지만 더 섬세하고 아름다웠다. 빛이 없는 곳에서 평소엔 보이지 않던 별이 더 뚜렷하게 보이는 법이니까.

바리와 크론이 무지개다리를 건넌 후 나는 친구들의 고양이들에게 손길이 필요할 때면 언제나 적극적으로 도우미가 되기를 자청했다. 집사에게 타인의 도움이 필요한 순간이 한 번씩 있다는 걸 누구보다 잘 알고 있었고, 바리의 투병 과정으로 인해 '고난도 고양이 케어'의 달인이 되어 있기도 했다. 하지만 무엇보다 '고양이가 있는 풍경'이 너무 그리웠다. 햇살이 드는 오후 시간 나른해진 고양이들이 액체 같은 덩어리로 집과 하나가 되어 있는 풍경이 얼마나 큰 안정감을 주는지 고양이 집사들은 잘 알 것이다. 해외 출장으로 인해 도움의 손길이 필요했던 베를린에 사는 친구의 소식을 듣고 아름다운 세 고양이를 보살피러 베를린행을 감행하기도 했다. 어쩌면 그때 내가 여기저기를 다니며 고양이들을 도왔던 것이 아니라 친구들의 고양이인 바둑이가, 리무가, 옥시가, 그려가, 또 지금은 고양이별에서 우리를 지켜줄 아라공과 삼동이가 나의 마음을 보듬고 살펴줬던 것일지도 모르겠다.

너는 나의 노란 고양이 버스

베를린 삼냥이 보호 일정을 마치고 다시 서울에 복귀한 추운 초겨울밤이었다. 뒤 공터에서 도움을 요청하는 울음소리가 들렸다. 누가 밥을 먹으러 왔는지 또 그간 잘 지냈는지 궁금해하며 문을 열었는데, 거품을 문 듯 심각하게 침을 흘리고 있는 황색의 고양이 한 마리가 애타게 나를 부르고 있었다. 아마도 심각한 구내염을 앓고 있는 것 같았다. 한파가 막 시작되어 고양이들이 마시는 물그릇이 얼기 시작하던 날이었다. 뒷문을 열면 보통 고양이들은 일단 멈칫하고, 도망가지는 않아도 두 걸음 정도 뒷걸음질을 친다. 우리는 1m 거리의 친구이기 때문이다. 그리고 내가 특식을 가지고 나오기를 기대한다는 듯 빼꼼히 바라본다. 하지만 이날 그 노랭이는 점점 나에게 다가와 나를 당황시켰고 오히려 내가 뒷걸음질을 쳤다. 노랭이는 가까이 다가오더니 '오늘은 너 세 번 고민할 시간 없어. 지금 나 너무 힘들어!'라고 하는 듯 쉰 목소리로 온 힘을 다해 소리를 지르며 방 안으로 걸어 들어왔다. 이 짧은 몇 초의 시간 동안 오만 가지의 생각이 다 스쳐지나갔다. '이제 길 생활을 포기하겠다고 선언하는 것인가?', '이 건강 상태의 고양이를 내가 책임질 수 있을까?' 등 언제나 그렇듯 섣부른 걱정을 먼저 하고 나서야 고양이의 상태를 자세히 보았다. 잇몸 전체가 빨갛게 부어서 피가 나는 상태였고 피부병의 흔적인지 코부터 입안 점막까지 검은 흉터 자국이 많았다. 그리고 등 쪽의 털은 노랗고 과하게 뻣뻣해서 볏짚 같은 상태였는데, 노랭이가 저벅저벅 나에게 다가와 몸을 부비자 선뜻 쓰다듬어 주기 주저되었다. 이 복잡한 마음의 고민은 슬로 모션처럼 길게 느껴졌지만 실제로는 빨리 끝나버렸고, 습식 사료에 미지근한 물을 섞어 한 상 차려 대령하고는 거즈로 입과 얼굴을 닦아 주었다. 그렇게 배를 채우고 몸이 따뜻해진 노랭이는 잠을 자기 시작했다. 한 번씩 '살아있는 거 맞나?' 싶어 건드려 보았는데, '나는 아직 휴식이 부족하다'라는 표정으로 눈을 가늘게 떴다가 구내염 중증의 고양이답게 입을 쩝쩝거린 후 배를 까고 혀를 내밀고 코까지 골며 깊은 잠에 빠져들었다.

한 나흘을 그렇게 먹고 잠깐 화장실을 다녀오는 것 이외에는 잠을 자고 있는 노랭이를 보면서 길고양이들의 잠자리에 대해 생각했다. 심각한 컨디션 난조로 무엇보다 그저 휴식이 필요했을 이 고양이는 긴장을 풀고 편하게 잠을 잘 수 있는 시간과 장소를 확보하지 못했을 것이다. 원래 하루에 12–16시간은 잠을 잔다는 고양이들의 습성을 생각하면 길냥이들의 하루는 얼마나 피로할까. 노랭이는 묘생을 통틀어 저렇게까지 모든 긴장을 풀고 잠을 청해 본 적이 있을까. 잠의 신에게 부름을 받아 긴 여행을 떠났던 노랭이는 하루에 두어 번씩 현실로 돌아와 식사를 요청했고, 화장실을 다녀오겠다고 문 앞에서 울었다. 특별한 의료 체크 없이, 추위를 피하며 취한 수면과 충분한 물이 포함된 습식 사료만으로 나흘 후 노랭이의 모습은 꽤 생기가 돌아왔다. 그리고 거짓말처럼 모질까지 몰라보게 달라졌다. 잠과 밥과 물, 그것의 가치가 얼마나 큰 것인지 조금 놀랐다. 하루만 잠을 제대로 자지 못해도 피부가 까칠해지는 사람의 경우를 생각하면 너무 당연한 이치일 텐데 말이다.

유난히도 한파가 심했던 겨울 동안 집안에서 잠만 자고 있는 노랭이를 보며 이 뻔뻔한 상황에 어이없어 웃다가 노랭이 몸을 구석구석 살피게 되었다. 특히 발바닥이 눈에 들어왔다. 집사들이 집고양이의 이 부분을 만지고 있으면 말랑말랑한 촉감에 특유의 냄새까지 기분 좋아진다며 사랑해 마지않는 소위 '고양이 젤리'였다. 분홍색으로 자주 연상되는 이 뽀송한 고양이들의 발바닥 젤리는 일러스트 그림으로도 많이 그려질 만큼 고양이의 귀여움 포인트로 사랑받는다. 하지만 노랭이의 젤리는 내가 알던 고양이의 그것이 아니었다. 거친 시멘트 바닥을, 뒷산의 낙엽 쌓인 흙길을, 녹아 버릴 것 같은 여름의 아스팔트를, 눈이 쌓인 차가운 겨울의 거리를 걸었을 노랭이의 발은 딱딱한 군살과 시간의 흔적이 쌓인 투박함을 가지고 있었다. 사실 모든 집 밖 고양이들의 발이, 아니 모든 야생동물의 발이 이러할 것이다.

갑자기 인간이 고양이 발바닥을 '젤리'라고 부른다는 것이 너무 이상하게 느껴졌다. 그리고 문득 이 부위를 지칭하는 본래의 말이 무엇인지조차 모르고 있다는 걸 알게 되었다. 그 부위의 명칭은 육구肉球이고, 유일하게 털이 없이 외부로 노출되어 있는 동물의 '살'이라고 한다. 걷기 위한 감각 때문인지 혈관도 많이 모여 있고 예민한 부위라고 하는데 사람들은 자꾸 고양이의 그것을 매만지고 있었다. 장묘종이었던 바리의 육구가 떠올랐다. 중간중간 털이 자라 있는 것이 너무 귀여워 나도 만지고 싶어했다. 그렇게 육구에 관해 찾아보며 추운 지방 동물의 육구에는 바리처럼 털이 중간중간 자란다는 정보도 보았다. 추운 땅을 걷기 적합하도록 아이젠 같은 역할을 하게 되는 것이다. 대부분의 장묘종 고양이가 추운 지역에서 유래된 경우가 많다는 사실을 생각해 보니 고개가 끄덕여졌다. 노랭이가 거리 생활의 일시적 파업에 돌입하고 집안으로 들어오게 되면서 고잘알(고양이 잘 아는 인간)이라고 착각했던 내 인식에 여러 가지 균열이 생기기 시작했다. 눈이 내리던 어느 날 눈 쌓인 담벼락에 머뭇거림 없이 자신의 육구를 내딛던 노랭이의 뒷모습은 좀 많이 멋졌다.

그해 겨울 사람이 귀가하면 노랭이는 기다렸다는 듯 찾아와

노랭이의 출입법

한참을 쉬다 나갔다. 아무리 고양이의 청력이 사람과 다른 차원이라고는 하지만 귀가 후 뒷문을 열고 작은 소리로 "노랭!" 하고 부르면 무슨 홍길동인 양 홀연히 나타나는 것이 신기했다. 그리고 집안에서 우리의 기척이 느껴지면 창문 밖에서 문을 열어달라고 불렀다. 심지어 좁은 창틀 사이로 몸을 비집고 들어오는 서커스를 연출하기도 했다. 어느 날은 늦은 밤 귀갓길에 '짠' 하고 나타나더니 발걸음을 맞춰 함께 밤 산책을 하기도 했다. 앞장서서 뛰어가다 내가 늦으면 돌아보고 기다려 주기도 하면서 걸었다. 방향은 같지만 나는 사람의 길로 걸었고 노랭이는 차 아래로, 담벼락 위로, 좁은 틈을 오가며 자신만의 길로 이동했다. 마치 사람의 눈에는 보이지 않는 길을 가는 토토로의 고양이 버스처럼 말이다. 내가 하고 있는 이 만화 같은 경험이 도대체 무엇인지 얼떨떨한 겨울이었다.

겨울이 끝날 무렵 실내에서 보내는 시간이 길어진 노랭이에게 바깥 생활을 정리하고 싶은 건 아닌지 진지하게 물어야 하나 고민에 휩싸였다. 하지만 역시나 또 인간의 섣부른 걱정이었다. 영하의 맹추위가 걷히고 한껏 불어났던 털을 마음껏 뿜어내는 계절이 돌아오자 노랭이는 마치 겨울잠에서 깨어난 곰처럼 성큼성큼 세상 밖으로 나갔다. 긴 산책을 다녀왔을 때, 뒷산에 올라가 놀다 온 건지 온몸에 다양한 씨앗이 잔뜩 붙어 있었다. 야생동물의 털에 달라붙어 씨앗을 퍼트리는 식물들이 있다는 것을 노랭이의 몸을 통해 확인할 수 있는 봄이었다. 털갈이 시즌이 되면 방 안을 떠도는 털들과 항상 전쟁을 치르는 기분이었는데, 집밖에서는 노랭이의 털들이 여기저기로 생명을 배달하고 있었던 것이구나. 화장실과 모래를 준비해 두고 이런저런 장난감도 가져다 놓았지만 노랭이는 그 모든 것을 시시해하는 것 같았다. 화장실에 가고 싶을 때는 밖으로 나가겠다 요청했고, 캣타워가 아니라 키 큰 나무와 담벼락 그리고 트럭 위에 올라가 동네를 살피는 것을 좋아했다. 그리고 밤낮없이 돌아다니는 봄과 가을에는 뒷산 어귀에 올라 흙냄새를 맡고 뛰놀다 새로 자라는 풀을 관찰하며 뜯기를 즐기고, 껍질이 두툼해진 두꺼운 나무 둥치에 스크래치를 하다가 나무 위 산새들을 공격하기도 하면서, 자신이 생태계 내 존재라는 사실을 마음껏 증명한다는 것을 알게 되었다. 그리고 그 시간이 노랭이에게 가장 행복한 순간이라는 것도 해가 지나면서 점점 더 알게 되었고, 동물과 함께 집안에서 산다는 것에 대해 여러 생각이 늘어 갔다. 특히 물리적으로도 감정적으로도 힘들었던 바리의 긴 투병 이후 나는 다시 집안에서 동물과 가족이 되기로 약속을 하는 일에 잠재적으로 두려움과 공포가 생겼던 것 같다. 어쩌면 그런 죄책감을 주위 고양이들에게 일시적인 도움을 주는 것으로 희석하려 했는지도 모르겠다. 노랭이는 이런 나에게 두려움을 잠시 내려놓게 해 주면서 동시에 동물과 사람이 맺는 관계에 대해 더 근본적인 질문을 묵직하게 던져주고 있었다.

2014년 11월 15일 개체번호 15번

우리는 사람을 잘 따르는 고양이를 보면 '개냥이'라 칭하며, 그런 고양이들은 덜 예민하고 애교가 많을 거라 손쉽게 생각한다. 일정 부분 틀린 말은 아니지만, 전적으로 맞는 말도 아니다. 사람마다 모두 개별적으로 생김도 다르고 성격도 다르고 기질도 다르고 또 건강 상태도 다른 것처럼 고양이도 개묘차로 많은 부분이 다르다는 것을 많은 길고양이들을 마주하면서 알게 되었다. 어떤 고양이는 더 섬세하고, 어떤 고양이는 자존심이 강하고, 어떤 고양이는 좀 천연덕스럽다. 사람들은 누군가가 길냥이와 친밀한 관계를 맺고 있는 상황을 마주하면 "얘 개냥이네!"라고 말하곤 하는데, 노랭이는 수년간 내 옆에서 잠이 들어도 특별히 먼저 다가와 골골송을 부르거나 꾹꾹이를 하지도 않는다. 사람에 대해 적대심이 없는 순한 심성이라기보다는 오히려 다른 고양이들에 비해 좀 모험심이 있고, 생존에 대한 감각적인 판단이 빠른 고양이여서 이런 관계 발전이 가능했다는 생각이 든다.

노랭이가 내 앞에 나타나 집 생활을 종종 겸하기로 결정했을 때가 4세 즈음이었다는 것을 TNR 동물 목록 자료를 자세히 보며 알았다. (해당 구청 지역 보건과 동물복지팀의 길고양이 중성화 담당자에게 연락하면 TNR을 신청할 수 있고, 포획과 수술 후 방사는 보호하는 캣맘이 보는 앞에서 진행해 준다. 그리고 그 수술 경과와 동물에 관한 정보는 동물보호관리시스템 사이트의 TNR 동물 목록에 모두 업데이트된다. 여러분이 혹시 가까워진 길고양이가 있다면 참고하시길.) 길고양이가 어떤 도움도 받지 못한 채로 도시에서 살아갈 때, 평균 수명이 4세를 넘기기 어렵다고 한다. 노랭이는 어쩌면 묘생에 있어 큰 위기라는 판단을 했던 순간 도움을 요청했던 것일지도 모르겠다. 게다가 동물 목록 자료에서 확인한 노랭이의 어린 시절 포획 장소는 다름 아닌 우리의 아지트였고, 포획자는 당연히 나였는데, 나는 4년 뒤 위기의 고양이가 도움을 요청했을 때 그가 동물 목록 속 황톳빛 어린 고양이였음을 바로 연결해 생각하지 못했던 것이다.

기억을 더듬어 노랭이의 포획 시절을 떠올려 보았다. 어린이-청소년 시절 오롯한 독립이 쉽지 않았을 때, 노랭이는 밥그릇이 비어 있으면 채워 놓으라 종종 나를 부르는 당돌한 고양이였다. TNR을 겪은 뒤 포획틀의 쓰임을 알게 된 노랭이는 이 몹쓸 도구를 치우라고 다그치기도 했다. 그런데 나는 왜 노랭이가 위기에 봉착하고 다시 적극적으로 찾아왔을 때 그 고양이인지 한번에 알아보지 못했던 걸까. 보통 적당한 거리를 두고 알고 지내는 길고양이의 경우 짧은

2014년 11월 15일(토요일)
개체번호 : 15 번, 노랑
몸무게 : 5Kg

시간에 포착할 수 있는 외모의 특징으로 상대를 파악하곤 한다. 황토, 점점이, 얼룩이, 송이, 이렇게 외모 분류에 따라 이름을 붙이는데, 그중에서도 온몸이 완전히 노란색이어서 노랭이라 칭했던 녀석. 이 가장 개성 없고 촌스러운 이름을 하루에도 몇 번씩 애타게 부르게 될 줄은 그땐 몰랐지. 이럴 줄 알았으면 황금이라 부를 걸 그랬다. 어쨌든 한 걸음 더 가까운 사이로 지내는 최근 몇 년의 시간 동안 나는 노랭이의 발바닥 생김부터 잠버릇, 입냄새, 미간의 무늬 형태, 유머러스하고 태세 전환에 능숙한 성격까지 세세하게 알게 되었고, 이제는 TNR 동물 목록의 화질 나쁜 사진들 사이에서 어린 시절의 노랭이를 단번에 알아볼 수 있었다. 2014년 11월 15일 개체번호 15번. 몸 전체가 노란 고양이는 한둘이 아니었지만 몇 가지의 특정 무늬, 연령에 비해 좀 과하게 긴 몸의 길이도 딱 노랭이였고 무엇보다 놀란 얼굴로 눈치를 보며 동공지진 하고 있는 표정이 너무 노랭이다워서 깔깔 웃었다. TNR 수술 기록 사진들을 보면 야생성이 강한 길고양이들은 그 반항 정도가 심해서 대부분 발이 결박된 상태인데, 노랭이는 수술실 상황을 파악하느라 정신이 없어 보였다. 그런데 어린 시절 노랭이의 꼬리는 지금과는 다른, 아주 긴 일자 형태였다. 성묘가 된 노랭이는 굽은 기형의 꼬리를 가지고 있어, 더더욱 그 어린 시절 긴 꼬리의 당돌이와는 다른 고양이라 생각했던 것 같다. 아마도 고난의 길 생활 4년 동안 내가 상상하기 어려운 어떤 사고로 지금의 굽은 꼬리를 가지게 되었을 것이다. 인간의 필요에 의해 개발되고 구획된 곳에서 동물의 삶이라는 것을 인간으로서는 감히 가늠하기 어렵다.

노랭이 꼬리 이야기를 하니 또 하나의 에피소드가 떠오른다. 우리 아지트인 건물의 뒷공터는 외부인이 들어오기는 애매한 공간이지만 완전히 차단된 곳은 아니어서 어린이들이 숨바꼭질하거나 비밀스러운 장소 찾기를 시도할 때 들어와 볼 만한 곳이었다. 그렇게 이곳에 들어오게 된 동네 여성 초등학생 몇 명은 이곳이 아름다운 고양이들의 아지트라는 사실도 알게 되었다. 그 후 자신들만 들어오면 숨어버리는 고양이들에게 구애하기 위해 용돈을 쪼개 고양이 간식을 사서 놀러오다 나를 만났다. 이들은 굽은 꼬리를 매력 포인트로 보아 노랭이를 '꽈배기'라고 부르고 있었고 그 후에 만난 한 중학생은 '감자'라고 불렀다. 갑자기 내가 지어준 이름이 가장 상상력 없는 명칭 같아서 조금 창피했다. 이름이 여러 개인 한 마리의 고양이. 뭔가 다종다양한 묘격猫格으로 존재하는 것 같은 노랭이가 좀 초월적이고 미래적인 존재처럼 느껴졌다. 어린이 친구들 앞에서는 겁을 먹던 노랭이, 쵸코, 얼룩이 모두가 내가 특식을 주니 쪼르르 모여들었던 그날, 초등학생 친구들은 환호성을 질러 주었고 나는 잠깐 초통령이 되었다. 그리고 내가 밥을 주는 비밀 공간을 그들에게 보여주었고, 혹시라도 놀러왔다가 이곳에 밥이 떨어져 있으면 여러분이 가져온 사료를 놔 주면 좋겠다고 부탁했다. 그렇게 노랭이에게는 확장된 관계망이, 나에게는 일시적인 협업자가 생겼다.

너는 고양이신이 아닐까

다른 고양이가 아지트에 밥 먹으러 나타나면 동공지진 표정으로 숨죽이며 숨어 있던 노랭이는, 이제 건강도 찾았고 오히려 나이가 들며 더 튼튼하고 뻔뻔해졌다. 건물 뒤 아지트 자리는 아직은 거리를 불안해하는 연약한 어린 친구들에게 양보했다. 자신은 이제 당당히 건물 앞에서 '이 구역의 왕은 난데 처음 보는 인간 넌 누구니?' 풍의 시선으로 주변을 두루 체크하는 경비대장이 되었다. 게다가 쉬고 싶을 때 언제라도 들어와 휴식을 취하길 바라며 뒷문에 문구멍을 만들어준 이후, 노랭이는 이 집에 집사가 있는지 없는지를 점검하고 문을 열어달라고 노크하면서 불쌍한 표정 연기로 말을 걸 필요가 없어졌다. 그렇게 당당히 공간을 점유하게 되니 적어도 실내에서의 권력 구조는 완벽하게 바뀌어 버렸다. 좀 더 안정적인 생활을 위해 고안한 방법으로 말미암아 이 분이 언제쯤 오시려나 가슴을 졸이며 구애를 하는 쪽은 오히려 내가 되었고, 이 상황이 너무 연애의 밀당 같다는 생각이 들어서 혼자 피식 웃었다. 사실 함께 사는 반려동물과 인간은 '상대가 나를 떠날 수도 있다'거나 '언젠가 사이가 소원해질 수 있다' 같은 아주 기본적인 관계의 메커니즘을 상상조차 하지 못하는 사이다. 인간이 구성한 방식의 관계로만 모든 것이 결정되는 어쩔 수 없는 비인간–인간 관계의 현실에 조금 서글픈 감정도 든다. 한파나 폭우 앞에서도 약한 표정을 짓지 않고 도도해진 노랭이지만 그렇다고 더이상 나를 필요로 하지 않는 것은 아니었다. 동네 개 혹은 산속 어딘가의 야생동물에게 물린 것인지 다리를 크게 다치고 왔던 날, 한 걸음도 잘 걷지 못하는 상태인 몸으로 어디서부터 어떻게 온 건지 어렵게 문구멍을 넘어 들어와 그렁그렁한 눈빛을 하고는 멋쩍게 배고프다고 하는 이 웃긴 고양이를 어쩌면 좋을까. 그리고 며칠의 입원 치료 후 집에 돌아오는 길, 한강 다리를 건널 때 노랭이는 갑자기 이동장에서 힘겹게 나와 노을 색이 가득 입혀진 강물이 흐르는 풍경을 가만히 한참 동안 바라보고 있었다. 그때 노랭이는 무슨 생각을 했을까. 최선을 다해 생존하기 위해 노력하며 끊임없는 호기심으로 부지런히 세상의 경험을 넓히려는 노랭이에게, 처음 보는 거대한 한강의 풍경은 어떤 세계로 보였을까.

요즘 노랭이와 나는 방구석 너머 외부의 세계에서 친밀함과 신뢰를 오히려 더 증명하며 함께 노니는 중이다. 처음 가까워지기 시작할 때 함께 밤 산책을 하며 귀가했던 동화 같은 경험을 시작으로, 외출할 때나 가까운 슈퍼, 세탁소에 갈 때도 조금씩 다른 속도, 다른

방법, 다른 위치로 함께 걸었다. 그러나 위협적인 도로 앞에 서면 노랭이는 머뭇거리곤 했다. 나도 달리는 차에 노랭이가 다치지는 않을까, 익숙하지 않은 영역에서 문제가 생기지는 않을까, 가능한 한 그 경계를 넘지 못하게 발걸음을 재촉했다. 그러던 어느 날 뒷산에 산책하러 가려는 나를 노랭이가 조금씩 따라오기 시작했을 때, 저 산은 사실 나보다 노랭이에게 훨씬 익숙한 공간이라는 생각이 불현듯 스쳤고 그가 다니는 산길이 궁금해졌다. 산에서 각종 씨앗, 풀잎, 붉은 흙을 가득 묻혀 오고 심지어 산에 사는 새까지 잡아 왔던 노랭이가 아니던가. '밖'의 세상에서 산다는 건 독립적인 힘이 무엇보다 중요하기에 노랭의 '바깥 비즈니스'에는 관여하지 않고 모르는 척 지내려 노력해 왔다. 하지만 이제 노랭이가 누구보다 강한 존재라는 걸 알기 때문에 함께 산책 가 볼까 하는 마음이 생겼던 건지도 모르겠다. 집에서 채 200미터도 되지 않는 뒷산의 산책로 입구는 사람이 오가는 짧은 골목을 지나 차가 가끔 다니는 큰 길을 건너야 하는데, 사람에게 물리적 거리 200미터와 고양이에게 심리적 거리 200미터는 너무 다르다는 것을 노랭이와 함께 걸어가며 알게 되었다. 골목 끝까지 스무 걸음도 안 되는 거리를 노랭은 길 가장자리에 줄지어 주차된 차 아래와 뒤로 이동했고, 사방을 살피며 신중하고 천천히 이동해 산의 입구에 도달했다. 하지만 산에 도달하는 순간 태세 전환의 왕답게 고양이라는 동물로서 발현되는 자신의 본능을 내가 예상했던 것보다 훨씬 더 적극적으로 수행하기 시작했다. 여기저기 체크하면서 계절의 향을 맡고, 다양한 생명 종들의 소리를 온 힘을 다해 듣고, 쓰러진 나무 위에서 식빵 굽는 자세로 졸며 휴식을 취했다. 8세 길냥이라는 장년의 나이가 무색하게 등산로 언덕을 단숨에 치타처럼 뛰어서 올라갔다가 나무 위 높은 곳에도 우다다 올라갔다. 그 정도는 미니 라이온킹 노랭이에겐 가뿐한 일이었다.

그러다가도 한적한 산책로에 등산객이 나타나면 꽤나 두려워하면서 사람이 갈 수 없는 곳으로 숨어들었다. 노랭이의 대피소 같은 곳들을 쫓을 때마다, 별 특색 없는 평이한 등산로로 걸을 때는 보이지 않았던 나무 덤불, 바위의 틈, 작은 무덤 등을 볼 수 있었다. 노랭이가 눈만 내놓고 숨어 있다가 내가 손짓하면 나와줄 때마다 서로 안내하고 도우며 이 길을 가는 기분이 든다. 이것저것 행해야 할 업무가 많은 노랭이와의 숲속 산책은 꽤 긴 시간을 할애해야 해서 항상 내가 중간에 먼저 가겠다 백기를 들게 된다. 몇 배는 더 멀리 그리고 오래 산책하고 싶을 노랭이지만, 돌아가자고 말하면 못 들은 척하다가도 심드렁한 표정으로 결국 나와 함께 하산해준다. 노랭이는 어쩌면 이곳에 올 때 사람이 다니는 등산로와는 전혀 다른 길로, 또 전혀 다른 시간대에만 왔었을지도 모른다. 그래서 노랭이나 나나 모두 처음 경험하는 방식으로 이곳을 전유하고 있는 것일 테다. 이 산책은 집에서 고작 몇백 미터 거리의 산을 전혀 다른 시간을 통과해 만나고, 다른 높이의 시야로 바라보다가, 그 속에서 의식하지 못했던 소리도 문득 듣게 되는 시간이다. 이런 환상적인 경험을 적립할 때마다 묘연에 대해 생각하게 된다. 나는 노랭이를 통해 어떤 세상을 더 보게 될까. 앞으로도 나는 위기의 고양이들을 도울 것이고, 지금까지 느껴온 것처럼 앞으로 만날 모든 고양이가 다 특별하겠지만, 노랭이와 만든 이 거짓말 같은 순간들은 다시 만나기 어려운 장면이라는 것을 알고 있다.

노랭이와 함께 걸으며 아둔해진 감각을 벼려 세상을 다시 본다는 것은 아름다운 장면만 보게 되는 것은 아니다. 이 거대한 도시는 산도 강도 모두 도로로 분절한다. 동물들이 스스로 오롯하게 걸어갈 수 있는 길 같은 건 존재하지 않는다. 도시의 고양이들은 오늘도 차 밑으로 포복을 한다. 예전엔 길고양이들이 차 밑에 들어가 있는 것이 차에 남은 열기로 몸을 따뜻하게 하거나 인간의 위협을 손쉽게 피할 수 있는 장소여서라고만 생각했다. 물론 대부분 이런 이유로 도시의 고양이가 차 밑을 선호하고, 때로 차는 직사광선을 피할 수 있는 그늘막이 되어주기도 한다. 그런데 차 밑에 있던 노랭이에게 말을 걸려고 아스팔트에 엎드려 눈높이를 한번 맞췄다가 전혀 새로운 세상을 보았다. 나에게는 빡빡하게 주차된 답답한 상황이라 생각했는데 고양이의 눈높이로 차 밑을 바라보니 차와 차로 연결된 아랫부분이 마치 터널처럼 뻥 뚫린 길로 보였다. 자동차 그늘막 아래로 길 끝까지 보이는 시야. 고양이들은 그곳에서 수동적으로 숨어만 있었던 것이 아니라 골목의 초입부터 누가 진입하는지 한눈에 파악하고 있었던 것이다. 언제나 말하지만 고양이는 항상 상상 그 이상이고, 오늘도 인간보다 더 위에 있다.

김화용

가는 곳마다 고양이가 자꾸 도움을 요청해 '고양이 자석'이라는 별명을 스스로 붙였다. 아티스트 레지던시 참여를 위해 방문했던 바르셀로나에서 유기된 것으로 추정되는 샴고양이 찡찡에게 가족을 만들어 준 일을 인상적으로 기억하고 있다. 이렇게 고양이가 세상과 나를 연결해 준다고 믿고 동물해방을 바라는 미술 작가이자 문화기획자다. '옥인 콜렉티브' 멤버로 활동했다.

7

폭력

1: 만남

우리집에 사는 고양이의 이름은 '소리'다. 하지만 '소리야' 하고 부르는 일은 거의 없고, 언제나 '소리짱'이라고 짱즈케[1]를 한다. 이름을 갓 지었을 때는 '소리–이!', '소리–야!' 하고 불러보기도 했는데, 자꾸 첫음절에 강세가 붙어서 '소리'가 '쏘리'가 되는 현상이 발생했다. 그러면 영어로 '미안해, 유감이다'라는 의미가 되어버리기 때문에, 의식적으로 그런 발음을 피하려고 하다 보니 소리짱이 된 것도 있다.

'이름을 잘못 지은 것 같아. 바꿔야겠어!'라고 생각했다. 하지만, 이미 동물병원에도 등록했고 주변 사람들도 다들 그렇게 알고 있어서, 사태가 커져버린 상황이었다. 막상 다른 이름을

1. 격식 없는 사이에서 이름 뒤에 '짱'을 붙이는 일본식 호칭법.

발로 그리.

생각해내서 연습을 해 보아도 '소리'라는 이름으로 돌아와 버리는 나 자신을 발견하며 그냥 받아들이기로 했다. 사실 그런 의미론적인 생각들은 우리 머릿속에서만 일어나는 것이지, 소리짱은 그다지 상관하는 것 같지 않았다.

'인간. 이름 같은 건 한번 정했으면 끝이야. 뭘 또 바꾸자는 거야. 독재 인간 정부 물러가랏!'

인간들이 편하려고 붙인 이름이 인간들의 언어로 무슨 의미를 가지든 그에게는 상관없는 일이었다. 어차피 소리짱에게 '소리'라는 음향은 어떤 호출에 지나지 않았다.

소리짱을 만난 것은 2015년 10월 말, 문래동 기계공장들이 밀집된 지역의 어느 창고를 작업실로 쓰고 있던 시절의 일이었다. 겨울이 오려는지 바람도 세차고 제법 쌀쌀한 날이었다. 작업실에는 화목난로가 있었고, 장작을 두어 개 태우면서 온기를 가늠하고 있었다. 그곳은 큰길가에 위치한 점포들의 뒤쪽에 있었기 때문에, 점포들의 사잇길을 지나 좁은 골목길을 따라서 들어오게 되어 있었다. 이 좁은 골목길에는 작업실 공간 외에 사람이 사는 집들도 줄줄이 늘어서 있었다.

우리는 아마도 어딘가에 가볍게 산책을 하고 돌아오는 길이었을 것이다. 흐린 날씨에 늦은 오후 햇살이 골목길에 내려앉는 것을 허락하지 않겠다는 듯이, 어떤 작은 생명체가 비명에 가까운 울음을 내뿜고 있었다. 손바닥만 한 작은 고양이가 텅 빈 골목길을 향해서, 텅 빈 하늘을 향해서, 찢어지는 고함을 지르고 있었다. 우리는 말을 걸었다.

"안녕, 너 괜찮니?"

그 작은 고양이는 얼굴이 망가져 있었다. 우리가 있는 것을 알기는 하는 것 같은데, 대답이나 태도에 변화가 없었다. 아니, 어쩌면 우리를 향해서 고함을 치기 시작한 것 같기도 하고.

"지붕 위에서 떨어져서 다쳤나봐. 어떡해."

"어떻게 된 일인지 모르겠네. 일단 작업실에 들어가자. 엄마 고양이가 올 수도 있고 하니."

그 작은 몸에서 나온다고는 믿기 힘들 정도로 큰 소리가 골목에 쩌렁쩌렁하게 울려서, 누가 와도 벌써 왔어야 할 것 같은데 엄마 고양이는 다른 사정이 있는지 나타나지 않고 있었다. 따뜻한 작업실에 들어와 앉아서 그 울음 소리를 듣고만 있자니 우리도 안절부절이었다. 나는 계속 망설이고 있었는데, 원정 씨는 참다 못했는지 셔터 문을 열고 다시 골목길로 나가서 소리 나는 쪽을 한동안 바라보다가, 다시 그 고양이에게 다가갔다. 나도 놓치지 않고 뒤를 밟았다.

"우리 작업실에 갈래?"

그 친구는 그 말을 듣기도 전에 이미 마음을 정한 것만 같이, '나를 구해줘.' 아니, '나를 구하라!' 라고 명령하듯이 우리에게 외치기 시작했다. 우리는 약간의 손짓과 몸짓을 써서 따라오라는 의사를 전달했다. 그러자 그 생명체는 작은 몸뚱아리에 붙어 있는 곧 부러질 것 같은 네 개의 다리를 바닥으로 거칠게 내동댕이치면서, 세상에서 가장 무겁고, 집요하고, 단호한 걸음을 딛어 가면서, 우리의 뒤를 따라 들어왔던 것이었다.

작업실에 들어와서도 광기는 한동안 가라앉지 않았다. 쌩쌩 불던 바람은 피하는 데 성공했지만, 돌바닥이 차가웠다. 따뜻한 담요 같은 것을 차가운 돌바닥에 깔아 주었다.

"이쪽으로 와 봐."

온기가 남아 있는 화목난로 옆에 자리를 마련해 주었지만, 담요는 거절당했다. 다만 화목난로는 마음에 들어 하는 눈치였다. 난로의 온기가 머무는 공간의 한 모서리에 병든 병아리처럼 엉거주춤하게 멈춰 서서 숨을 고르기 시작했다.

그제서야 마침내, 정적이 찾아왔다. 세상도 한숨을 내리쉬었다.

2: 시작

고양이를 키워 본 적은 없었지만, 예전 작업실에 같이 공간을 쓰던 분이 기르던 고양이가 두 마리 있었다. 그 고양이들도 손바닥만큼 작을 때부터 봐 왔는데, 몇 번 주인분의 부탁으로 돌봐준 적이 있기는 했다. 이제는 베테랑 캣맘이 되신 그 분께 긴급 연락을 취해서 상황을 알리고 도움을 구했다. 만화책에서 본 대로 우유를 따뜻하게 데워서 먹으라고 줬는데, 소리짱은 냄새만 맡고 먹지는 않았다. 다만, 화목난로 옆에 오뚝이처럼 서서 쉬고 있다가 이따금씩 웅크린 몸의 균형을 잃는 듯한 동작을 했다. 비틀거린 건지, 아니면 꾸벅 하고 졸고 있는 건지 잘 가늠할 수가 없었다.

얼굴 한쪽이 상처 딱지 같은 것으로 덮여 있어서 치료가 시급해 보였기 때문에, 우선 동물병원을 수소문했다. 베테랑 캣맘 지인의 추천으로 소개 받은 동물병원에서는 길냥이를 임보하는 조건으로 치료비와 수술비를 크게 할인해 주었다. 여기서 수술이란, 안구 적출 수술을 말하는 것이었다. 소리짱의 상태는 허피스 바이러스 감염이었는데, 이를 눈치챈 어미 고양이가 다른 새끼들을 보호하기 위해서 무리로부터 밀어내어 버린 것으로 보인다고 의사 선생님은 말씀하셨다. 게다가, 발견된 시기에 이미 한쪽 눈은 실명한 상태였고 나머지 한쪽 눈도 백내장이 심하게 온 상태여서, 조금이라도 시력을 살릴 수 있을지 알 수 없었다. 약을 써서 치료해 보겠노라고 하셨지만, 며칠 후 전화로 상태가 악화되어서 나머지 한쪽 눈도 수술로 제거할 수밖에 없다고 하셨다. 그렇게, 갑자기 소리짱은 시각을 완전히 잃어버리게 되었다. 이때 우리는 '소리'라는 이름을 마음속으로 정하고 있었다. 소리짱에게 가장 친한 친구가 되어줄 존재의 이름, 소리.

소리짱의 병원비는 소리짱이 받은 치료의 내용에 비하면 정말 저렴한 금액이었지만, 아무 계획도 없이 이 상황을 맞닥뜨린 우리에게는 상당히 부담이 되는 지출이었다. 고민 끝에 페이스북 계정을 통해 모금활동을 하게 되었다. 지출한 비용의 일부분만이라도 후원 받으면 좋겠다는 마음이었는데, 소식을 접한 많은 분들이 너도나도 큰 후원금을 보내 주셔서 순식간에 전액이 모금되어 버렸다. 여차하면 원래 지출한 액수보다도 더 많이 모일 위기에 빠질 뻔했다.

"오, 소리짱. 축복 받았네."

수많은 이모, 삼촌들이 작업실을 찾아와서 맛있는 간식과 선물을 남겨주고 갔다.

평소에 길고양이를 보면, "이쁘다, 우리 집에 갈래?" 하고 추파를 던지며 다녔던 나였지만, 이렇게 소리짱을 갑자기 책임지게 되니 고민이 되었다. 밤을 새고 집에 안 들어가는 것도 좋아하고, 해외 여행을 갈 때도 있고, 지방 출장도 가야 하고, 내 한 몸 데리고 살기도 정신이 없는데 부담이 되지 않을 수는 없었다. 하지만 일단 소리짱이 아프니까 나을 때까지는 같이 있고, 다 낫고 나면 다시 생각해보기로 했다.

소리짱은 수술을 잘 마쳤다고는 하지만 영양실조여서 수액을 맞으면서 입원치료를 받고서야 퇴원했다. 집에 와서도 기운이 전혀 없어서 잘 회복할 수 있으려나 걱정이 되었다. 게다가 눈이 안보이는 상태에서, 사람과 같이 사는 고양이 수업도 받아야 했다. 화장실 모래에 쉬하는 법을 어떻게 가르쳐 줘야 하나 걱정했는데, 모래를 촉각으로 감지하자 금방 참았던 쉬를 하고 아주 익숙하게 모래를 덮는 걸 보니 놀라웠다.

한편, 밥을 잘 안 먹는 바람에 영양실조가 다시 악화되기도 했다. 고양이가 영양실조 상태인지 판단하기 위해서는 등가죽을 손으로 움켜잡았다가 갑자기 손을 떼고, 당겨졌던 등가죽이 펴지면서 제자리로 돌아가는 것을 관찰하면 된다고 한다. 자연스럽고 신속하게 돌아간다면 괜찮은 것이고, 그렇지 못하면 문제가 있는 것이다. 하루 종일 아무것도 먹지 않고 잠만 자는 녀석의 등가죽을 한 번씩 잡아당기면서, 사료가 마음에 들지 않는 걸까, 어디 다른 곳이 아픈 걸까 하며 초조한 시간을 보내다가 결국은 다시 병원에 데리고 갔다.

문제의 원인은 뜻밖에도 먹이가 제공되는 방식에 있었다. 소리짱은 젖을 떼기 전에 엄마와 헤어져서, 엄마 젖을 빨아 먹는 것 말고는 무언가를 먹어 본 적이 없었기 때문에 그릇에서 음식물을 핥아 먹는다는 것도 상상할 수가 없어서, 너무나 먹고 싶은데 먹을 수가 없었던 것이다. 병원에서 간호사 선생님이 초유를 손가락에 찍어서 입에 톡톡 발라주면서 먹는 법을 가르쳐 주었고, 그제서야 소리짱은 그릇에 담긴 음식을 허겁지겁 먹어 치우기 시작했다.

잘 먹고, 잘 싸고, 잘 자고. 세 가지가 충족되자 마침내 몸도 좋아지고 수술 상처도 좋아지고 있었다. 우리도 거칠지만 이것저것 배우고, 나아지고 있었다. 지인들에게 물어보고 인터넷도 찾아보았다. 다만 소리짱은 눈이 안 보이니까, 그 모든 비장애 고양이들에게 맞춰진 가이드들이 지시하는 내용을 한 단계 의미화시킨 후 소리와 촉각으로 번역하는 과정을 거쳐야 했다. 그 와중에 어떤 것이 잘된 번역이고 어떤 것이 잘못된 번역인지도 시행착오를 통해서 배워야만 했다.

사료를 먹는 법을 배운 소리짱은 점점 회복에 속도를 붙여 나갔다. 처음 만났을 때 보여주었던 삶을 향한 투지가 다시금 불타오르는 것 같았다. 이번엔 회복을 향한 투지. 소리짱은 아주 열심히 먹고, 아주 열심히 잠을 잤다. 일어나면 다시 먹고, 그러고 나면 또 하루 종일 잠만 잤다.

소리짱과 우리 사이의 관계는 아직 시작되지 못하고 있었다. 우리는 항상 소리짱을 괴롭히는 사람들이었다. 병원에 강제로 데려가고, 입원을 시키고, 수술을 시키고, 약을 먹이고, '사료'라는 이상한 음식을 먹으라고 하고, 화장실을 사용하라고 하고, 그러고 나면 피곤해져서, 다 같이 잠을 잤다. 일단은, 어서 건강해지기를.

하지만 소리짱은 한없이 우울해 보였다. 엄마한테 버림 받고, 형제들이랑 떨어지고, 고생도 많이 해서 그런지, 하루 종일 잠만 자는 녀석의 몸에서 뿜어져 나오는 우울은 절망에 가까운 것이었다. 살아남기는 했는데, 무슨 낙으로 살아야 할지 막막해하는 것 같았다.

3: 추억들

아직 돌봄이 필요한데 집에 혼자 둘 수가 없어서, 작업실로 함께 출퇴근을 하기 시작했다. 처음에는 이동장에 넣어서 자전거 뒤에 싣고 이동했는데, 계속 울고 이동장 안에 쉬도 하고 스트레스가 엄청난 것 같았다. 그러다 하루는 이동장에 안 들어가려고 하면서 내 몸에 찰싹 들러붙길래, 그대로 내가 즐겨 입던 초록색 솜잠바 속에 소리짱을 넣어 자크를 올리고 자전거를 탔다. 함박눈이 펑펑 내리는 12월이었다. 지금도 소리짱이 그 자켓은 기억하는 것 같다. 원래 고양이를 데리고 실외에서 이동할 때는 고양이가 놀라 찻길로 갑자기 튀어 나가지 않도록 반드시 이동장에 넣거나 몸줄을 해서 잘 잡고 있어야 한다고 하는데, 나에게는 아직 몸줄 같은 게 없었고, 소리짱은 내 피부에 최대한 가깝게 붙어서 심장 소리나 온기를 느끼고 있지 않으면 안심이 안 되는 것 같았다. 조금이라도 더 안전해 보자고 잠바의 자크를 꽉 올려서 채우려고 하면, 소리짱은 저항하면서 잠바 밖으로 고개를 내밀고 바깥 바람을 맞겠다고 했다. 우리는 소리짱이 자전거 타는 것을 좋아한다고 생각했다.

"야, 자전거 태워주니까 오백원 내라."

어쨌든 우리는 소리짱처럼 눈이 없는데도 어깨냥이인 데다가 산속에서 산책도 하는 멋쟁이 고양이의 냥스타그램을 발견하고, 소리짱도 산책냥이가 될 소질이 있는 것이 아닐까 하는 꿈을 꾸기 시작했다.

시각이 없어도 거침은 없다. 테이블이든, 세탁기든, 높이가 익숙해진 사물들 위로 뛰어오르기도 하고 뛰어내리기도 한다. 그렇지만 테이블 위가 항상 잘 치워져 있지 않다 보니, 소리짱은 생각지도 못한 장애물이 갑자기 출현하는 상황을 몇 번 마주하게 된다. 눈이 없는 소리짱은 특히나 어릴 때는 젊은 혈기로 여기저기 많이 박치기를 하고 다녔다. 어지간하면 조금 부딪히거나 채이는 것은 신경쓰이지도 않을 만큼, 세상은 신나는 것들로 가득했나 보다. 하지만 테이블이 정리되어 있지 않았던 것만은 많이 실망했는지 머지않아 뛰어오르는 일은 그만두게 되었다. 소리짱, 그래도 우린 기억하고 있어. 네가 책상에도 무릎에도 뛰어올라오곤 했었다는 걸.

눈이 안 보여도 소리짱은 사냥을 할 수 있다. 요점은 고양이 스텝이다. 사뿐사뿐. 그리고 존재를 숨긴다. 잠자리, 파리, 이런 것들이 나타나면 곧잘 잡아오거나, 침을 발라서 꼼짝 못하게 만들어 갖고 놀다가 버리고 간다거나, 하여튼 거침이 없다. 어린 시절의 소리짱은 뒷일은 잘 생각하지 않는 편이어서, 옥탑에 살 때 바깥 마당에 있는 높은 사다리를 저 혼자 타고 올라가서는 못 내려온다고 동네방네 떠들썩하게 울고 불고 난리를 부리기도 했다. 지금도 옥탑에서 뛰어놀았던 기억은 소중히 간직하고 있겠지. 다음엔 마당 있는 집에 가서 산책냥이 도전해 보자구.

소리짱은 귀신처럼 우리의 위치와 몸짓을 파악한다. 눈이 안 보이지만 눈이 있는 것처럼 고개를 움직인다. 내가 다가가면 내 얼굴을 본다. 어떻게 아는 걸까? 예를 들어 거리가 좀 떨어진 탁자 앞에 앉아 컴퓨터로 무언가를 하다가 문득 고개를 돌려서 소리짱을 바라보면, 소리짱도 그것을 알아채고 나를 마주본다. '어? 나 지금 소리 안 냈는데? 어떻게 알지?' 마치 눈으로 보고 있는 것처럼, 귀신같이 알아낸다.

고양이는 청력이 엄청나게 좋아 원래부터 시각이 크게 중요하지 않다고 의사선생님이 말했었다. 시각은 보조적이고 주 감각은 청각과 후각이라고 한다. 후각은 물론 좋을 테지만, 소리짱의 반응은 그야말로 '일거수일투족'을 파악하고 있기 때문에, 호기심이 든 나는 소리짱의 반응과 나의 행동 사이의 관계를 집요하게 관찰해 보았다. 그러던 어느 날, 나름의 가설이 세워졌다. 관절 소리와 숨소리가 핵심이라는 것이다. 예를 들어, 내가 소리짱에게 손을 내밀었다고 하자. 고양이 인사를 하려고 조금 떨어진 거리에 쭈그려 앉은 상태에서 손을 내미는 동작을 했다고 하면, 소리짱은 손끝을 바라본다. 그때 내가 검지손가락을 살며시 구부리면 검지손가락을 주목한다. 어떻게 그것이 가능할까? 혹시 검지손가락을 구부리는 소리가 나는 것이 아닐까? 관절 연골의 마찰음 같은 것이 들리는 게 아닐까? 멀리 떨어진 상태에서 고개를 돌린 것은 어떻게 알아채는 걸까? 나의 코에서 숨소리가 나는데, 이 소리가 어떤 지향성 스피커와 같이 나의 안면에서 반사되어 반향을 만들기 때문에, 소리짱에게는 내가 바라보는 방향에 따라서 음량이 달라지는 현상이 느껴지는 게 아닐까? 그러니까 이 스피커-얼굴을 돌려서 소리짱을 향하게 되면, 소리의 에너지가 높아져서 자신이 주목받았다는 느낌을 받게 되는 것일 수도 있지 않을까? 소리가 아무리 작아도, 그것이 직접적으로 전해져 오는지 반사되어서 돌아오는지는 큰 차이가 있을지도 모른다.

소리짱의 앞에서 화려하게 움직이다가, 어느 순간 몸의 모든

기관을 멈춰보았다. 이때, 반드시 숨도 참아야 한다. 가능하면 심장도 조용히 뛰게 해야 한다. 관절 하나도 움직이지 않도록 한다. 그러면 소리짱이 흥미를 느끼는 것을 볼 수 있다. 존재가 사라지는 순간. 분명히 있었는데, 없는 것 같네? 어디 갔지? 하고 가까이 온다. 이때 내 손의 마지막 위치에 대한 기억이 헷갈리고, 손의 위치를 예측하지 못해, 살짝 닿기도 한다. 나는 마음속으로 '아니, 이 정도로 가까우면 냄새로 알아야 하는 거 아냐?'라고 생각하지만, '으, 더이상 숨을 참을 수가 없다.' 하고는 포기한다. 우리는 이런 식으로 소리-투명인간 놀이를 하고 노는 것을 한동안 즐겼다.

소리짱에게 존재는 어떻게 생겼으며, 어떻게 들려올까. 나의 손과 나의 목 관절과 나의 발에서 나는 소리가 한 사람의 것이라는 걸, 하나의 존재에서 유래하고 있다는 걸 어떻게 파악할 수 있을까? '까마귀 날자 배 떨어진다.'가 아니라, 까마귀와 배가 세포로 연결된 하나의 덩어리라는 걸 어떻게 이해할 수 있을까? 시각은 소리 없는 연결을 파악할 수 있다. 그러나 청각으로는 연결된 몸을 파악할 수 없는 건 아닐까? 소리짱에게 내가 걸어오는 모양이란 팔, 다리, 목, 가슴, 발, 머리가 막연하게 뭉뚱그려진 덩어리가 시끄러운 양철 로봇처럼 치렁치렁거리며 무섭게 다가오는 것과 같이 느껴지는 건 아닐까? 소리짱은 궁금할까? 어째서 저 소리들이 함께 움직이고, 왜 손을 물면 항상 공중에 떠 있으면서 떠들기만 하는 입이 어딘가 아픈 듯한 소리를 내는 걸까. 오늘 나에게 맛있는 참치캔을 준 손에게는 고맙기는 하다만, "맛있냐? 고맙지?"라고 말하는 저 버릇 없는 입은 항상 떠들기만 하는 주제에, 어째서, 나한테 무슨 고마워할 만한 일을 했다는 걸까?

소리짱의 청각 테스트는 언제나 재미있다. 모든 고양이 놀이의 기본은 움직이다가 멈추는 것이고, 사물이 보이다가 사라지는 것이다. 두 살짜리 인간 어린이도 같은 방식으로 놀아주면 된다. 숨겼다가,

보여주기. 소리짱의 경우에는 소리를 숨겨야 한다. 소리를 내다가 안 내면 된다. 소리짱은 소리가 나는 장난감을 좋아한다. 그런데, 그 중에서도 소리짱이 특별히 더 좋아하는 장난감은 원래 소리를 내기 위해 만들어지지 않은 것들이다. 방울 같은 게 달린 것도 좋아하지만, 어느 정도 하고 나면 그런 것들은 금방 싫증이 난다. 소리가 너무 잘 들려서 재미가 없는 것일지도 모르겠다. 막대기 끝에 작은 털뭉치가 달린 장난감이 있는데, 원래는 물고 핥는 장난감이지만 이걸로 바닥 장판을 문질러 주면 사-악 사-악 하는 미세한 소리가 난다. 여기까지는 사람 귀에도 들리지만, 그런 다음에 그것을 쥐고 그냥 제자리에서 천천히 회전을 시킨다. 그러면 나에게는 들리지 않는 더 미세한 사-악 소리가 아마도 들리는가 보다. 소리짱은 이 소리를 아주 흥미롭게 듣는다. 소리가 작다는 것은 분명히 소리짱에게는 존재 자체가 작다는 의미일 것이다. 파리가 앉아서 손바닥을 비비는 소리 같은 것은 자신보다 약자라는 인식을 불러일으키는지도 모른다. 만만하게 보인다. 그러면, 사냥하기 위해, 아주 사뿐사뿐 걸어온다. 암살자. 잠자리도 파리도 소리짱이 다가오는 걸 잘 파악하지 못한다. 눈이 없었다면 나도 똑같이 파악할 수 없었겠지.

소리짱이랑 놀아줄 때, 내가 눈을 감으면 좋을 때도 있었다. 시각이 없는 소리짱에게 시각은 일종의 '반칙' 같은 것이다. 소리짱은 자신의 위치를 숨기고 싶어 한다. 조용히, 조용히. 그렇지만 나에게는 너무 쉽게 잘 보인다. 그럴 때 덥썩 하고 소리짱을 잡는다거나 하면, 자존심 비슷한 것이 상하는 것 같다. '아, 보는 게 어딨어!' 짜증을 낸다. 시각을 이용해 자기를 만지는 손은 굉장히 무례한 손일 수가 있을 것 같다. 눈이 잘 보이는 고양이에게 다가갈 때도, 손을 고양이 얼굴 모양으로 해서 얼굴 비비기 인사를 하면서 몸을 만지기 시작하는 것이 좋다는 이야기를 읽은 적이 있다.

소리짱은 놀이를 잘하고 싶어서 많은 노력을 한다. 내가 장난감을 이리저리 옮기다가 멈추면, 마지막으로 소리가 난 위치를 주목해서 본다. 공격하려고 자세를 잡기는 하는데, 곧 자신감이 없어진다. 저기쯤에 있는데. 소리짱은 공격을 거는 순간 도망갈 수 있는 사냥감을 완벽하게 사로잡기 위해, 한 번에 뛰어서 정확하게 사냥하겠다는 높은 이상 속에서 공격의 시공을 가늠한다. 조금이라도 자신이 없다면 다음 기회를 노린다. 아주 신중한 사냥꾼이다. 소리짱은 가까운 거리에서는 굉장히 정확하게 추적해 오기 때문에, 장난감을 멈추고 있을 수가 없다. 하지만 나는 시각을 사용해서 소리짱을 여유롭게 가지고 놀 수가 있다.

"후후후."

소리짱은 시각이 없다는 핸디캡을 가지고 나와 경쟁하기 때문에, 어느 순간 재미가 없어져 버리고 마는 것 같다. 자존심이 탁 상할려고 한다.

"미안, 미안."

이미 늦은 것 같지만, 마지막 한 판은 눈을 감고 게임에 참여해 본다. 내가 눈을 감으면 우리는 동등해진다. 장난감을 흔들다가 바닥에 내려놓는다. 귀를 쫑긋 세워서 소리짱을 들어본다. 아무것도 들을 수가 없다. 숨을 죽이며, 포식자 앞에 놓인 어떤 작은 벌레의 심정을 떠올린다. 하늘에서 독수리처럼 낚아채 가는 그 포식자가 다가오는 소리를 아직 듣지도 못했는데, 내 몸은 그의 발톱에 어느새 찢겨져 있는 것이다. 눈을 감고 있으면, 소리짱이 다가오는 걸 전혀 파악할 수가 없다. 나는 시각이 없는 환경에서 살아갈 수 있는 감각을 갖지 못한, 소리적으로 열등한 존재이다.

4: 트라우마
나이가 들면서, 부딪히는 것을 조금 신경쓰기 시작하는 것은 사실인 것 같다. 여기에는 몇 번의 사건들이 계기가 되었을 수도 있다. 이탈리아에 여행 가서 사 온 예쁜 찻잔이 테이블 위에 있었는데 소리짱이 테이블 위로 돌아다니다가 부딪혀서 떨어트리는 바람에 산산조각이 난 적이 있다. 나는 너무 화가 나서 소리짱 정말 밉다고 고래고래 나무랐다. 그런 다음에는, 삼각형과 네모가 그려진 또 다른 예쁜 찻잔을 비슷한 방식으로 잃게 되었는데, 애초에 테이블에서 떨어지기 쉽게 놓은 것도 잘못이었지만, 나는 남을 잘 탓하는 사람이었다. 흠. 너 때문이야. 네가 책임져.

그러다 보니 그랬을까. 소리짱이 좀 위축된 것 같았다. 지금도 생각하면 속상하지만 이미 벌어진 일을 어쩌겠나. 누구라도 탓하고 싶은 심정인 내 자신의 우울이 소리짱에게 씌워진 상황이었던 것이다. 누구라도 탓하지 않으면, 누구라도 희생시키지 않으면 안 될 그런 마음으로 살아가는 면이 있었다. 내 안에 배긴 어떤 자국, 어떤 상흔이 지금도 완전히 다 낫지 못했다는 것을 계속해서 확인하게 된다.

소리짱은 새 소리를 좋아한다. 곤충들이나 잠자리들은 사냥해서 잡는데, 새는 사냥하기가 쉽지 않은 것 같다. 시력이 없어서 공격력이 부족한가? 남들은 고양이가 참새를 죽여서 물고 온다고 하던데, 소리짱은 아직 그런 적은 없다. 그래서, 새를 못 잡는가 보다, 소리짱 입장에서는 아쉬울지도 모르겠다고 생각했었다. 그런데 사실 소리짱을 곁에서 지켜보면 꼭 새를 잡으려고 한다기보다는 그저 엄청나게 관심이 있어 한다. 사다리에 올라가는 것도 그렇고 담에 올라가는 것도 그렇고, 새들에게 가까이 가려다가 벌어진 상황인 경우가 종종 있었다. 그런데 새들도 소리짱을 보러 일부러 찾아오는 것 같기도 하다.

소리짱의 첫 번째 집이었던 옥탑은 새들이 들르기에 최적의 장소였다. 소리짱이 밖에 나가서 바람을 쐬고 있으면 새들이 찾아온다. 가만 들어 보면 새들이 무언가 이야기를 해주는 것 같이 들리기도 한다. 울음소리가 구분이 갈 정도로 자주 찾아오는 새가 있는 것 같다고도 생각했다. 소리짱은 방 안에 있다가도 갑자기 우다다다–쿵 하면서 밖으로 뛰쳐나가기도 한다. '쿵'은 소리짱이 어딘가에 머리를 부딪히는 소리다. 부딪히지 말고 다니라고 잔소리하면서 따라나가 보면, 사실 밖에 친구 새들이 찾아온 경우가 종종 있었다.

첫 번째 집은 옥탑이었지만 특이하게도 담장이 45도 정도 안쪽으로 기울어져서 건축이 된 옥탑이어서, 뛰어오르지 않는 이상 소리짱이 밖으로 떨어질 일은 없어 보였다. 그래도 혹시나 하는 마음에 곧잘 따라나가서 담배라도 피고 들어오곤 했는데, 이사를 하고 나서 두 번째 집은 옥상이 개방되어 있기는 했지만 말 그대로 건물의 옥상일 뿐이어서 담장이 낮고 위험하게 되어 있었다. 소리짱은 어릴 때부터 줄곧 밖에 나가서 속풀이를 하고 노는 것을 즐겼기 때문에, 밖에 못 나가게 하면 아주 불만이 폭발을 했다. 밖에 나가게 해 주면 우리들과 거리도 생기고 본인도 스트레스를 잘 풀고 들어오는 것 같았다. 그러던 어느 날 마침내 소리짱이 옥상에서 사라지는 일이 발생하게 된다.

이 두 번째 집은 2층짜리 단독주택이지만 옆에 있는 건물들과 옥상이 연결되어 있어서, 소리짱은 담장 위에 올라가면 옆 건물 옥상으로 넘어갈 수도 있다는 것을 어느 순간 이해하게 되었다. 그렇지만 그것이 오해를 불러일으켰던 것일까. 옆 건물의 옥상으로 연결되는 담장도 있지만 아무것도 연결되지 않은 담장도 있는데, 그 정도는 파악할 수 있을 줄 알았다.

4월이었던 것 같은데, 모처럼 봄바람이 불어서 창문도 열고 옥상 문도 열고 환기를 하고 있었다. 옥상 문이 열리니까 기다렸다는 듯이 소리짱은 옥상으로 출타를 하셨다. 한 시간쯤 지나면 어지간하면 돌아와야 하는데, 오늘은 유달리 돌아올 기미가 안 보이는 중이었다. 예감이 좋지 않다면서 원정 씨가 옥상으로 올라갔다가, 당황하며 내려와서 말했다.

"소리짱이 없는데!"

나는 일단 옆 건물로 넘어간 게 아닐까 생각했다. '가지 말라고 그렇게 말했는데, 어디 멀리 갔는가 보다.' 그런데 조금 있다가 원정 씨가 나를 불러서 담장 너머 길가를 가리켰다.

"재 소리짱 아냐?"

여기는 2층짜리 단독주택이니까 실질적으로는 3층 높이다. 안경을 고쳐 쓰면서 유심히 관찰했는데, 검은 동그라미 하나가 길가 구석에 또아리를 틀고 앉아 있었다. 우리는 뛰어 내려갔다. 소리짱은 너무 놀라 있어서, 우리를 알아보지도 못하는 것 같았고 당황해서 정신이 나가 있는 것 같았다. 우리집은 차들이 쌩쌩 달리는 큰길가에 있어서, 소리짱이 놀라서 달아나다가 찻길에 뛰어들면 큰일이 날 수 있는 상황이었다.

원정 씨가 소리짱을 설득하는 척하다가 덥썩 안았는데, 겁을 먹은 소리짱은 손톱으로 움켜쥐다가 원정 씨 등에 상처를 내고 말았다. 소리짱을 가까이서 보니 턱을 바닥에 부딪혔는지 피를 흘리고 있었다. 바로 그 상태로 소리짱을 데리고 병원에 가서 엑스레이를 찍고 치료를 받았는데, 다행히 한쪽 어깨를 한동안 절뚝거리는 것 외에 큰 문제는 없었다. 천만다행이었다.

원래 고양이는 높은 곳에서 떨어져도 별로 다치지 않는다고 하지만, 눈이 안 보이는 고양이는 예외다. 눈이 안 보이기 때문에 땅에 닿는 순간 고양이 특유의 고양이 낙법을 시전할 수가 없기 때문이라고 한다. 소리짱도 어릴 때 내 어깨에서 무작정 바닥으로 뛰어내린 적이 있었는데, 그 때의 모습은 마치 날다람쥐처럼 네 다리를 활짝 펴고 충격에 대비하는 모습이었고, 결국은 바닥에 속수무책으로 부딪히면서 턱을 찧는 것을 본 적이 있다.

아무튼 그러고 나서 한동안은 소리짱도 밖에 나가고 싶어하지 않는 것 같았다. 그런데 상처가 다 나아가자 어김없이 또 '문을 열어라!', '지금 당장 밖에 나가야겠다!' 호통을 치기 시작해서, 집사의 철저한 동행을 전제로 산책하는 시간을 가질 수 있게 했다. 전처럼 혼자만의 시간을 자유롭게 보낸다든가 이런 것은 더이상 없고, 산책에 동행하는 우리들도 한 시간이고 마냥 옥상에 앉아 있어 줄 수는 없기 때문에, 간단하게 바람을 즐기되 새들과 담소 나눌 시간은 없이, 서둘러 들어와야 하게 되었다. 소리짱도 예전보다는 호기심을 스스로 억제하고, 바람만 조금 세게 불어도 이내 실내로 들어오려고 하게 되었다.

5: 폭력

소리짱과 나 사이에는 팽팽한 긴장이 있다. 거기에는 녀석이 기여한 부분도 있고 내가 기여한 부분도 있다. 어쨌든, 우리가 그런 상황을 함께 만들어 온 것이다.

고양이와 집사라는 프레임에서는 귀여운 고양이가 폭력을 행사하는 것을 오직 집사의 잘못으로만 몰아가려는 경향이 있다. 고양이는 지능 발달이 인간으로 치면 두 살 반에서 멈춘다고 한다. 처음으로 찾아갔던 동물 병원의 원장 선생님은 소리짱을 '아가'라고 부르셨다. 그리고 나는 그 아가의 보호자였다. 고양이든 강아지든 반려동물로서 함께 살아가는 것이 힘들다고 하면, 그 문제는 일방적으로 우리 인간들이 해결해야 하는 문제로 본다. 하지만 나는 그것이 어딘가 좀 불만스러운 것 같기도 하다.

중학생 때였나, 나는 집에 혼자 있다가 부모님에 대한 분노에 크게 사로잡힌 적이 있다. 아니, 시작부터 화를 내고 있었던 것은 아니다. 지금 기억하고 있는 사건은 이렇다. 나는 뭔가 초조하거나 기분이 상한 상태였는데, 부모와 있었던 어떤 사건을 되새겨 가면서 혼자 생각에 잠겨 있는 중이었다. 왠지 모르겠지만 안방에 있는 6칸짜리 목재 서랍장을 한 서랍씩 열어젖혔다가 다시 밀어넣는 행동을 반복하고 있었다. 바퀴가 달린 고급 서랍장은 스르르-미끄러지면서 열리고, 마지막까지 열리면 멈춤 턱에 걸리면서 탁- 하고 멈추고, 마찬가지로 밀어 넣을 때도 부드럽게 미끄러져 들어가서 큼- 하고 닫히는 그런 서랍장이었다. 나는 도저히 용서하지 못할 어떤 사건을 떠올리면서, '그 불합리한 사건!' 하고 서랍을 열고, '그 부당한 언사!' 하고 서랍을 닫고, '그 부당한 체벌!' 하고 서랍을 열고, '그 부당한 표정!' 하고 서랍을 닫는 것을 반복하고 있었다. 생각하면 할수록 화가 치솟기 시작하더니 어느 순간 서랍에 가하는 힘을 주체할 수 없게 되고, 마침내는 서랍이 충격을 견디지 못하고 고리가 달린 앞부분이 뜯어지며 부서져 버리고 말았다.

고급 서랍장이라고 해봤자 겉보기만 그런 것이지 결국 타카심으로 대충 조립된 서랍이어서, 충격을 받자 타카심들이 숭숭 전부 다 빠져 버린 것이다. 당황스러운 일이 벌어졌지만 오히려 극단적으로 냉정해진 나는 즉시 신발장에서 망치를 가져다가, 빠진 타카심들의 위치를 살살 맞춰가며 조심스럽게 다시 박아 넣으려고 노력하기 시작했다. 콩콩콩. 하지만 그렇게 쉽게 고쳐질 일이 아니다. 아이씨. 짜증이 난다. 이것은 내가 알기로는 엄마 아빠의 혼수로 구입한 장롱과 서랍장이다. 그런 생각을 하니 더 짜증이 난다. 왜 이렇게 되는 일이 없지? 하는 생각이 울컥하고 밀려온다. 망치를 두드리는 힘을 또 조절을 못하게 된다. 울화통이 터진다. '왜 안 되니, 왜!' 하면서 서랍을 패기 시작했고, 손이 얼얼해져서 망치를 떨어뜨리고 바닥에 주저 앉았을 때, 서랍은 망치질로 흉칙하게 패어 있었다.

지금도 그 서랍장은 부모님 댁에 있다. 부모님은 그 서랍장이 왜 그렇게 된 것인지에 대해서 단 한 번도 언급하지 않았다. 당시에 나는 이제 크게 혼이 나겠구나, 각오를 하고 있었다. 이런 일을 저지른 나에 대해서 어떻게 설명해야 할까, 기왕 이렇게 됐으니 지금까지 말 못한 억울한 것들에 대해서 말해 볼 수 있는 기회로 삼아야겠다고 두려움을 억눌러가며 다짐했다. 그런데 정작 아무 말도 하지 않고 아무 일도 없던 셈 취급을 당하니, 더욱더 속상했다. '네가 그랬나?' '왜 그랬나?' '어쩌다 그랬나?' '뭐가 그렇게 화가 났나?' 이런 이야기를 왜 걸어오지 않는 걸까? 그 이후, 며칠 동안 망치질 자국으로 뒤덮인 서랍을 혼자 물끄러미 바라보면서 나는 결심하게 된다. 나도 그 사건에 대해서 다시는 말하지 않겠다고. 우리 사이의 골은 그렇게 한 번 더 깊어졌다.

사실 냉정하게 따져본다면, 내가 먼저 사과했어야 하는 것일 수도 있다. 아니, 내가 그랬어야 한다기보다는, 그럴 수도 있었을 텐데 왜 이제껏 생각도 해 보지 못했던 것일까? 하는 의문이 남는다. '아마도 알고 계셨겠지만, 서랍장은 내가 부순 것이다. 미안하게 생각한다. 관련된 책임을 질 의사가 있다. 그렇지만 그것은 이전에 있었던 어떤 사건에 분개한 나머지 벌어진 일인데, 그 부분에 대해서는 사과를 받고자 한다. 그렇지 못하면 나는 영원히 당신들을 용서하는 것이 불가능할지도 모른다.' 이렇게 담담하게 이야기를 풀어나갈 수도 있었을까. 나는 나름대로 많이 노력해서, 위의 어색한 가상의 사과문을 작성하긴 했지만 역시 이건 아니구나 싶었다. 사과를 하고 있는 건지, 고소를 하고 있는 건지. 결국은 당신을 용서할 수 없다고 으름장을 놓고 있지 않는가. 아아. 보복이란 없다. 폭력은 폭력일 뿐이다. 나는 아직 준비가 안 되어 있다, 사과할 준비가.

언제부터인가 내 마음속에 자리 잡고 있는 '폭력은 연쇄되는 것'이라는 이야기. 그 이야기를 해보려 한다. 폭력은 연쇄되는 것이 아니다. 혹은, 아니어야 한다. 폭력 사건은 하나의 단절된 의지이자, 매순간의 고유한 선택이다. 따라서, 보복이란 것은 존재하지 않으며, 또 다른 폭력이 존재할 뿐이다. 혹은 그렇게 생각하지 않으면 폭력의 굴레를 벗어나갈 방도가 없다.

소리짱과 나 사이에 있는 팽팽한 긴장감도 아마 그런 종류일 것이다. 그땐 그랬었다. 나는 소리짱을 이해할 수가 없었고, 소리짱도 마찬가지였다. 소리짱은 나를 도저히 용서할 수가 없어서 내 손과 팔을 피가 나도록 물어뜯었다. 물고 또 물고 계속 물면서, 더 화가 나고, 더 억울해졌다.

나는 수의사 선생님에게 말했다. 소리짱이 너무 물어서 힘들어요. 같이 사는 원정 씨 손은 안 물고요, 저의 손만 골라서 물어요. 인터넷에서 찾아보니까 손으로 놀아줘서 그렇다고는 하던데, 제가 잘못한 것일 수도 있지만 이제 어떻게 해야 되나요. 그랬더니 선생님이 명언을 던지고는 웃어넘기셨다.

"소리짱한테 밉보이셨나봐요."

그러니까 서열에서 자기보다 낮은 존재로 파악한 듯하다는 것이다. 나는 뭐라고 해야 할지 할 말을 잃었다.

그럴 수도 있다. 원정 씨를 향해서는 어떤 존경의 태도를 보여주는 편인데, 나한테는 뭔가 자신이 우위라고 생각하고 대하는 것 같다. 자꾸 물리는 것 때문에 나는 사실 소리짱과 더이상 같이 살 수 없을 정도가 되어가고 있었다. 너무 화가 나기 시작했다. 나를 물면 목 뒷덜미를 잡아서 떼어내 바닥에 내려놓아 주는데, 목을 풀어주자마자 다시 달려들어서 하이에나처럼 물어뜯는다. 어느 순간 분노조절장애에 걸린 나는 소리짱을 들어서 바닥에 집어던져 버린다. 그러면 소리짱은 나에게 당한 폭력을 기억하게 되어서, 다음 번에 물기 시작했을 때는 그 기억에 사로잡힌 듯이 더 가혹하게 물어뜯고는 한다. '절대로 반격하지 말 것'이라는 주의를 블로거 선생님들로부터 받았다. 이렇게나 억울한데, 반격을 하면 안 된다니.

애초에, 왜 그렇게 나를 물었을까. 이유는 있었을 것 같다. 처음 해 보는 집사가 지식도, 성실함도 그럭저럭이다 보니, 무언가 소리짱을 화나게 하는 실수를 범했을 것이다. 그런 게 한둘은 아니겠지. 아마도 소리짱은 그것에 대해서 나와 제대로 소통할 수가 없었을 것이다. 불만은 가슴 속에 쌓여 있지만 표면에 드러나지는 않고 있었다. 그날도 처음에는 내 옆에 앉아서 행복한 기분을 느끼면서 그릉그릉하고 있었다. 그러다가, 쓰다듬어 주는 내 손을 살짝 물었을 뿐인데, 갑자기 그동안 쌓였던 불만이 폭발하면서 분노에 사로잡혀 이성을 잃고, 오로지 나를 물어뜯는 것밖에는 생각할 수 없게 되어버렸다. 마치 내가 서랍장을 열고 닫다가 정신줄을 놓고 서랍장을 때려 부수게 되었던 것처럼. 나는 왠지 두 개의 사건이 닮아 있는 것 같다.

내가 소리짱에게 폭력을 쏟아내는 모습을 본 원정 씨는 맹비난을 했다. 나는 폭력적인 인간으로서 자신을 돌아보지 않으면 안 되는 상황에 처하게 되었다. 그때부터 나는 일종의 격리에 들어갔다. 소리짱이 다가오면 도망을 가기로 했다. 서로 모르는 고양이, 모르는 사람이 되자. 절대로 만지거나 몸이 닿는 것을 허락하지 않았다. 이건 마치 내가 부모님에게 취했던 조치와도 흡사한 것이었다. 관계의 문을 닫아 버리는 것. 그러자 소리짱은 원정 씨에게만 갈 수 있고, 관계할 수 있게 되었다. 원래 소리짱은 원정 씨와는 다소 격식 있는 관계를 즐기는 편이고, 나와는 격의 없이 감정을 쏟아내는 관계를 해 왔었다. 긍정적인 감정도 많이 쏟아내곤 했었는데, 내가 없어지고 나니까 머지 않아 원정 씨한테도 감정을 쏟아내면서 무는 일이 생기게 되었다. 아직 나를 물던 것만큼 세게 무는 것은 아니었지만……. 소리짱도 힘든 시간을 보내고 있었다. 우리는 물지 않게 하고, 물려고 할 때 어떻게 대처해야 하는지 연구하면서, 소리짱을 가르쳐 보려고 노력했다.

소리짱과의 관계는 몇 번의 계기를 거치면서 달라져 온 것 같다. 최초에는 '친구'였다. 나는 소리짱이 너무 좋고, 좋은 친구가 되고 싶었다. 두 번째는 '동물'이었다. 나는 친구가 될 수 없었다. 너는 동물이고, 자신의 욕구밖에는 모르는 존재이고, 나도 같은 동물이며, 우리는 물고 뜯고 싸웠다. 폭력이 오가는 시기가 이 시기에 걸쳐 있었다. 세 번째는 '단절'이다. 나는 내 자신의 폭력성에 대해서 재고하는 시간을 가지게 되었다.

노력은 소리짱도 마찬가지였던 것 같다. 소리짱은 이제 원정 씨한테서도 무는 행위에 관해 강한 주의를 받게 되었고, 나는 내심 '거 봐라, 소리짱. 쌤통.'이라고 생각했지만, 결국은 소리짱의 입지가 약해져서 안타깝기도 했다. 이제 존경하는 원정 씨한테도 주의를 받고 혼나니까 속상하겠구나. 소리짱도 물지 않으려고 노력하는 모습이 보이기도 했다.

'절대로 반격하지 말 것'을 지키기 위해서, 나는 내 자신의 아주 오래된 정체성을 깊이 재고해야 했다. 복수자. 이것은 지금도 계속해서 진행 중이다. 이 글을 써내려가는 동안에도. 폭력에 폭력으로 대답하지 않는 사람이 되는 것.

소리짱과 나 사이에는 남들은 잘 모르는 팽팽한 긴장이 있다. 그건 마치 내가 부모님 댁에 한 달에 두어 번씩 찾아갈 때 느끼는, 미세하게 떨리는 긴장과도 같은 것이다. 우리는 서로를 아직 용서하지

못했고, 자신의 문제를 해결하지도 못했다. 아버지의 나이가 팔십을 넘었고 소리짱은 이제 네 살 반이다. 나는 더 늦기 전에 이 팽팽한 긴장을 조금이라도 해결할 수 있을까. 시간은 기다려 주지 않는데.

한 육 개월은 계속 소리짱을 피해다녔던 것 같다. 물지만 않으면 소리짱은 귀엽기 때문에, 폭력의 기억이 조금 멀어지자, 나는 어느 순간 다시 소리짱을 쓰담쓰담하기 시작했다. 소리짱도 조금은 어른스러워졌다. 다만 아무것도 해결이 안 됐는데, 우리는 그냥 이 모든 폭력들을 다시 묻어버리면서 앞으로 나아가고 있다는 생각이 들었다. 안타까운 우리의 가족사와 같이.

"소리짱, 미안하다."

말로는 사과하긴 했지만, 말이 안 통하는 소리짱에게 말로 사과한다는 게 어떤 의미일지 모르겠어서 허공에 던지는 것 같이 내 목소리는 던져지고 있었다. 소리짱은 무슨 일이 있었다는 건지 도대체 모르겠고 아랑곳하지 않는다는 듯이, 오랜만에 내 무릎에 자기 얼굴을 비벼대며 좋아하고만 있었다.

6: 대화

소리짱이 두 살 지날 무렵이었을까? 어느 날 문득 소리짱이 냐–옹 냐–옹을 이렇게 저렇게 연습하는 듯하더니, 뭔가 사람이 말을 하는 것처럼 소리 내는 느낌을 주었다.

"아…. 지금 이거는 뭔가 우리한테 말하는 것 같지 않아?"

원정 씨와 내가 주고받는 대화를 하루 종일 듣다 보니 뭔가 느끼는 게 있었던 걸까? 특별히 사람의 말을 따라서 하는 것은 아니지만 어떤 감정을 담아서 표현하기 시작했다. 조금 시간이 지나면서는 환청 같은 것이 들리는 듯 느껴지기도 했다.

"아니, 집에 왔으면 밥부터 줘야지. 이제 들어와가지고!"

타박할 때도 있고,

"아, 나 힘들었다. 너넨 밖에서 잘 지냈고? 하. 기운 없네."

털썩 주저 앉을 때도 있고,

"그러니까, 이야기하잖아, 내가. 너무 심심하다고, 집에서 하루 종일 있는 거. 뭔가 냥 복지 아이템 이런 거 하나 들일 생각 없어?"

조목조목 따질 때도 있고.

사실은 그냥 수다쟁이가 수다를 떠는 것 같기도 하다. 특별히 뭘 어떻게 해 달라는 것은 아니지만, 이야기하는 데 재미라도 붙였는지 자꾸 뭐라 뭐라 말을 한다. 그러면 나도 나름의 대답을 한다. 환청으로 들린 이야기에 대답을 하는 것이다.

"밥, 그래, 그거 쫌 있다가 준다. 집에 와서 바로 밥 주면 백발백중 허겁지겁 먹다가 토하니까. 니가 밥 생각 고만두면 그때 주지."

"우린 뭐 잘 지냈는데, 왜? 힘들어? 어디 아프나?"

"그러니까, 캣타워 알아보고 있기는 한데 너무 비싸가지고. 하나 만들까 하다가 이 모양이네? 원정 씨가 만들어 준다고 했으니까 기다려 봐."

그러다가 어느 순간, 그냥 내용 없이도 대답이 가능하게 되었다.

"냐-, 냐아……, 냐-라라라 압! 냐오."

이렇게.

그러면 소리짱이,

"냐-"

하고 한번 대답해주기도 하고.

사실 감정이란 것이 들리니까, 감정만 담아서 대답한다고 생각하면 머리를 쓰지 않고 무의식적으로도 어느 정도 대답이 가능하다. 무한정 수다를 떠는 것처럼.

소리짱과 함께 지내면서 생각하게 되는 것은 일단, 내가 동물이라는 것이다. 인간이기 이전에, 혹은 인간이라는 사실이 의미하는 바가 일차적으로, 내가 소리짱과 같은 동물이라는 것이다.

유투브를 보고 요가를 좀 따라해 보고 있는데, '다운-독down-dog'이라는 자세가 있다. 처음에는 솔직히 조금 부끄러웠다. 아래로 향하는 개의 자세라는 것을 한다는 것이. 그런데 유투브 동영상을 틀어 놓고 "다운-독!" 하는 선생님의 외침과 "발바닥, 아래로, 꾹!"이라는 단호한 구령에 부들부들 따라하는 나를 무슨 테레비 보듯이 바라보는 것을 소리짱은 꽤 즐긴다.

"또 왔네, 또…. 놀리려고 왔냐."

소리짱은 요가를 너무 잘한다. 자다 일어나면 으레 '다운-캣' 스트레칭으로 어깨와 허리를 쫘악 펼쳐 주시는데, 너무나 시원해 보인다. '나도 동물로서 질 수 없지'라고 생각하면서 조금 더 발바닥을 꾹 눌러 본다.

개와 같은 행동을 한다는 점에 있어서 부끄럽다고 생각했던 나는, 사실 뭐였을까? 인간은 개보다 나은 존재, 우월하거나 상위에 있는 존재라고 할 수 있는 것일까? 사람에게 개는 많은 경우 좋은 표현이 아니다. 개-새끼라고 한다거나, 개-같은-자식. 그런데 개들은 어떻게 생각할까. 나는 이제 다운-독 자세가 부끄럽지는 않다. 다만 부러울 뿐이다. '독'들이, 그리고 소리짱의 캣-스트레칭이. 생명체로서 존경스럽다. 나도 노력하면, 너처럼 될 수 있는 걸까?

이두호(다이애나밴드)

공학대학원 1학년 시절까지는 로봇을 만들어 보면 재미있을 텐데 하고 막연하게 꿈꿨다. 하지만 시간이 지날수록 스스로가 로봇이라는 것을 눈치채게 되면서, 점차 인간이 되는 것을 최우선 과제로 인식하게 되었다. 주변에서 관측된 인간들 중에서 인간임이 확실시되는 인간 신원정을 만나 다이애나밴드라는 그룹을 결성하고 예술활동을 시작했으며, 지금까지 전시나 공연 등 이런저런 작품 활동을 하면서 인간성을 개발해 왔다. 소리 나는 것들을 좋아해서 그런 것들을 많이 만드는데, 막상 같이 사는 고양이 소리짱은 소리 나는 예술작품을 그닥 달가워하지 않는다고 한다.

8

정신을 차려보니 고양이굴

1. 첫눈에 반한다는 것

나는 타인에게 마음을 여는 데에 시간이 오래 걸리는 편이다. 그래서 첫눈에 반한다는 것이 어떤 의미인지 알지 못했다. 요다를 만나기 전까지는 말이다. 때는 2011년 9월 22일 밤. 길에서 구조한 아기 고양이를 임시보호하고 있다는 동네 친구의 집에 놀러간 나는, 문을 열고 방 한구석에 웅크리고 있는 조그만 고양이를 보자마자 말 그대로 번개가 심장을 관통하는 느낌을 받았다. 예민해 보이는 초록색 눈은 겁에 질려 왕방울만 했고, 이마의 잿빛 무늬는 특이하게도 5:5 가르마를 탄 듯 가지런한 대칭을 이루고 있었으며, 뾰족한 핑크색 귀가 얼굴 크기의 절반을 차지할 만큼 컸다.

한데, 지금 기술한 요다의 외모에 반했던 것이냐 하면 사실 그런 것은 아니었다. 구체적인 생김새의 매력은 한참 뒤에야 눈에 들어왔다. 요다가 이 글을 읽을 일은 없을 테니 솔직하게 적자면, 세상에는 요다보다 훨씬 예쁘고 잘생기고 귀여운 고양이가 널리고 널렸다. 외모나 성격이나 행동 때문이 아니라 그냥 아무런 이유 없이, 존재 자체에 반할 수도 있다는 사실을 나는 그날 깨달았다. 사랑깨나 해봤다고 생각해 왔는데, 그런 것은 태어나서 처음 해 보는 경험이었다. 조니 미첼 언니의 노랫말이 귓전을 스쳤다.

사랑은 영혼을 만지는 거라고 했지
그래 확실히 넌 내 영혼을 만졌어

You said, "Love is touching souls"
Surely you touched mine

그날 밤 요다를 플라스틱 양말통에 담아 소중히 품에 안고서, 집을 향해 걸었다. 심장과 마음과 뇌 중 어디에 기거하는지 모르겠으나 요다가 건드린 것만은 분명한 내 영혼이, 잔잔한 사랑의 파동으로 요동쳤다. 당시에 나는 내가 무엇을 원하는지 그리고 어떤 일을 목전에 두고 있는지 면밀히 파악하지는 못한 상태였다. 그러나 그날로부터 삶이 송두리째 바뀔 거라는 사실만은 예감하고 있었다. 우리를 휘감는 초가을의 밤바람이 수상쩍으면서도 감미로웠다. 삼냥이 집사로 살아갈 오랜 날들의 시작이었다.

2. 그들이 우리가 되기까지

첫 만남의 달콤함은 야속하리만큼 짧았다. 이 겁 많은 아기 고양이는 집에 도착해 가슴팍에서 내려놓자마자 행거 밑 어두운 곳으로 숨어들어서는 며칠이고 나오지 않았다. 며칠은 곧 몇 주가 되었다. 내가 무언가에 그토록 참을성 있는 태도로 임해 본 것도 그즈음이 처음이었다. 사랑의 또 다른 이름은 기다림이요 인내였다. 억지로 끌어내지 않고 요다가 스스로 나오기를 기다리면서, 나는 밤마다 행거와 가까운 침대가 아니라 멀찌감치 떨어진 바닥에 이부자리를 펴고 잤다. 사람이 걸어다니면 키높이나 발소리가 위압감을 줄까봐 낮에도 웬만하면 기어다녔다.

신중하기 그지없는 요다는 밤에 몰래 얼굴을 내밀고 행거 앞에 둔 사료를 연명할 정도로만 먹었다. 이 공간이 위험하지 않다는 사실을 인지할 만한데도 쉽게 모습을 드러내지 않았다. 그러다 시간이 조금 흐르자, 장난감을 가까이 갖다대고 흔들면 앞발 한 개 정도만 내밀어 호기심을 보였다. 시간이 더 흐르자, 살금살금 걸어나와 내게서 3미터 정도 떨어진 곳에 자리를 잡고 앉았다. 요다는 마치 『어린 왕자』에 나오는 사막여우처럼 매일매일 조금씩 더 가까이 다가왔다가 제자리로 돌아갔다. 그렇게 거리를 좁히던 요다가 내 곁에 와서 무릎에다 조심스레 제 코를 갖다대기까지, 무려 3개월 반의 시간이 걸렸다.

요다는 내가 제공하는 공간과 생활에 느린 속도로 익숙해졌지만, 결코 완전히 길들여지지는 않았다. 요다는 다른 집냥이들과는 사뭇 다른 모습을 보이며 자랐다. 흔히 말하는 '고양이짓'은 거의 하지 않았다. 가령 재미로 물건을 떨어트린다든가, 높은 곳에 있는 것을 잡으려고 억지로 점프한다든가, 귀여운 목소리를 내며 간식을 요구하는 행동 말이다. 대신 매사에 주위를 살피고, 경계심을 품은 눈으로 사물을 보고, 전적으로 안전하다고 느끼지 않을 때는 먹을 것을 기꺼이 포기했다. 나는 생존에 대한 공포가 식탐을 현저히 앞서는 이 어린 짐승을 보며 마음이 아팠다.

요다의 가슴께를 만져 보면 갈비뼈가 어긋나 볼록 튀어나온 부위가 있다. 연유는 알 수 없다. 우리집에 오기 전 아주 어릴 때 길에서 사람에게 걷어차이거나 해서 다쳤던 흔적이 아닐까, 그저

요다

짐작만 해 볼 뿐이다. 집냥이가 된 지 9년이나 되었지만 지금도 요다는 벨소리가 나면 숨는다. 손님이 오면 갈 때까지 몇 시간이고 숨을 죽이고 있다가, 손님이 가고 나면 내 앞에 나타나 하소연하듯 칭얼댄다. 요다가 볼 때 인간 세상은 예나 지금이나 여전히 공포스럽고 믿기 어려운 대상인 것 같다. 그런 요다에게 일말의 심리적 여유와 함께 고양이짓을 가르쳐 준 것은 우리집 둘째로 들어온 모래였다.

요다가 아기 고양이 티를 겨우 벗을 무렵, 나는 첫 개인전을 준비하느라 눈코 뜰 새 없이 바빴다. 요다와 함께 보내는 시간이 줄어들수록 마음이 쓰이는 시간은 늘어만 갔고, 한 살 터울의 동생을 만들어 주면 고양이에게도 집사에게도 좋다는 얘기에 귀가 절로 솔깃해졌다. 결국 둘째를 들여야겠다는 결심이 선 나는 고양이 입양 인터넷 커뮤니티를 하염없이 뒤지기 시작했다. 그러던 어느 새벽, 스크롤을 내리다 요다와 어딘가 닮은 아이를 발견했다. 좋은 느낌이 왔다. 날이 밝자마자 친구 차를 얻어타고 부천으로 냅다 달렸다. 코에 점이 난 그 암컷 삼색이는 부천의 한 동물병원에서 중성화 수술을 한 다음 거리로 방사하지 않고 입양을 보내기로 결정한 길냥이였다. 당시 병원에서 '청순이'라는 애칭으로 불릴 만큼 여리여리한 미모를 뽐냈던 그 아이는 우리집에 와 '모래'라는 이름을 얻게 되었고, 몇 달 만에 포동포동 살이 오른 뚱냥이로 변신했다.

활동적이고 사교적인 모래는, 겁 많고 우울한 고양이 요다에게 동생 역할을 자처하며 적극적으로 애정 공세를 펼쳤다. 나이도 더 어린 주제에 '집냥이란 이렇게 구는 거야' 하고 알려주기라도 하듯, 낮에는 집안에서 가장 시원하거나 따뜻한 위치를 골라 대자로 누워 낮잠을 자고 밤에는 내 배를 밟으며 우다다 하는 법을 시범 보여 주었다. 고양이들끼리는 쓰지 않는다고 알려진, 인간에게 뭔가를

모래

녹두

요구할 때만 내는 "냐옹" 소리도 가르쳐 주었다. 요다는 뒤늦게 배운 "냐옹" 소리를 그 후로 잘 써먹게 되었지만, 다 커서 얼치기로 배운 탓에 지금도 약간은 쇳소리를 섞어 어색한 소리를 낸다.

다정하게 끌어안고 자는 둘의 모습을 보며 나는 이제 이들로 충분하다고, 이 정도면 완벽한 가족이라고 생각했다. 그러나 세상 만사가 그렇겠지만 특히나 고양이에 관해서라면 인간의 마음대로 되는 일이란 없는 법이다. 2년 뒤. 칼바람이 몰아치던 겨울밤, 식당에서 녹두삼계탕을 먹고 나오는 길이었다. 골목길 모과나무 아래 새앙쥐만 한 아기 고양이 한 마리가 있었다. 그 아이는 이후 우리집으로 와 예정에도 없던 셋째 '녹두'가 되었다. 처음부터 계획한 일은 아니었지만 어쩔 도리 없는 일이었다. 인간 자식도 어디 계획대로만 태어나던가?

녹두는 식탐이 어마어마한 데다 단순무식한 사고뭉치 아깽이였지만 애교가 많아 이내 나의 사랑을 듬뿍 받게 되었다. 녹두의 등장으로 막내 자리를 빼앗긴 모래는 크나큰 상심과 질투의 늪에 빠졌다. 그러나 애정을 골고루 나누어주려는 나의 극진한 노력이 통한 것인지, 결국 서운한 기색을 거두고 녹두를 어느 정도는 받아들여 주었다. 그렇게 해서 우리는 이럭저럭 잘 어울리는 삼냥이 가족으로 자리잡게 되었다.

3. 사슴은 알고 있었다

나는 우화나 설화가 제 아무리 전근대적인 발상을 감추고 있더라도 그 언저리에서 뭔가 하나는 배울 점을 건질 수 있다고 믿는 편이다. 그런 내게도, '선녀와 나무꾼' 설화는 매력적인 이야기가 아니었다. 현대인의 관점에서 보면 나무꾼은 선녀의 나체를 훔쳐보고 날개옷을 슬쩍한 뒤 반강제로 아내를 삼은 범죄자에 불과하고,

그런 파렴치한에게 낚여 속세에 주저앉아 버린 선녀에게도 감정을 이입하기란 어려운 일이었다. 자신의 목숨을 구해 준 사냥꾼에게 보답으로 선녀들이 멱 감는 연못을 알려준, 이 모든 일의 원흉인 사슴의 됨됨이에 관해서는 언급할 필요도 없겠다. 그런데 나의 뇌리에 강렬하게 남은 것은 딴 게 아니라, 사슴이 사냥꾼에게 귀띔했던 알쏭달쏭한 조언이었다. 아이 셋을 낳기 전까지는 절대로 선녀에게 날개옷을 돌려주지 말라는 말, 사슴은 대체 왜 그런 말을 한 걸까? 애가 둘이건 셋이건 무슨 그리 큰 차이가 있다고?

집사 9년차, 나는 이제 그 사슴 녀석의 말을 정확히 이해하고 있다. 애가 둘일 때와 셋일 때는 거동에 하늘과 땅 차이가 존재한다는 사실을, 사람 대신 고양이를 키워 보고서 온몸으로 체득하게 된 것이다. 제 몸 하나 건사하기 녹록지 않은 삶에서 생명을 셋 이상 거둔다는 것은 물리적으로나 경제적으로나 심리적으로나 부담스러운 일이었다. 일단 '손'의 부족이 큰 문제였다. 동물병원에 고양이들을 데려갈 때도, 이사를 할 때도, 간식을 입에 넣어 줄 때도, 셋이 궁디팡팡을 요구하며 한꺼번에 모여들 때도, 나는 팔이 두 개여서 슬픈 짐승임을 자각해야만 했다.

아이 하나를 키우려면 온동네가 필요하다고 했던가. 그런데 나는 험난한 육묘의 과정에서 아무것도 가진 게 없었다. 내가 자리한 조건은 정상가족의 안정감이나 경제적 여유는 물론이고 오손도손한 이웃사촌들과의 왕래조차 옵션에 없는 대도시–프리랜서–예술가–비혼주의자의 삶이었다. 그렇게 독고다이로 살아가는 주제에, 가지고 태어난 팔의 개수를 초과하는 생명들을 책임져야 했던 것이다. 일손을 거들어 주고 생활의 일부를 기꺼이 공유하는 애인의 존재야 늘 있었지만, 삶에서 기본적인 독립성을 추구하는 한 궁극적인 걱정과 불안이 해소될 리는 없었다. 스스로의 가치관과 기질이 형성한 삶의

조건이기에 고양이들에 대한 걱정과 불안 또한 누구의 탓도 아닌 내 몫일 수밖에 없었다. 그리고 이는 예술인으로서의 삶에 따르는 궁핍과 책임감 사이의 역학관계와도 얼마간 닮은 면이 있었다.

뉴스에서 화재나 지진 같은 재난의 광경을 볼 때면 먹먹해졌다. 세 고양이를 동시에 데리고 탈출하기 위해 전전긍긍하는 나의 모습이 늘 자동반사적으로 눈앞에 펼쳐지는 것이었다. 덩치로 어디 가서 밀리지 않는 모래와 녹두를 양팔에 하나씩 힘겹게 끌어안고서, 어디론가 숨어 버린 요다를 목놓아 부르고 있는 나의 뒷모습은 설화 속의 선녀보다 딱해 보였다. 반려동물에게 자아를 의탁하고 지나치게 감정을 쏟아붓는 것도, 오지도 않은 재난의 상황을 상상하며 염려에 에너지를 소모하는 것도, 썩 건강한 성인의 모습은 아닐 것이었다. 인정하고 싶지 않았지만 스스로도 내 마음의 안녕이 걱정되기 시작했다.

스트레스가 심할 때면 책임감과 공포 사이의 심연이 어두운 악몽으로 확인되곤 했다. 뭔가 불길한 느낌이 들어 고개를 돌려 보면 모래가 몸이 두 동강난 채로 누워 있었다. 울먹이며 모래의 몸을 흔들면 그 가여운 것의 붉은 내장이 내 품으로 마구 쏟아져 내렸다. 때로는 불구덩이에서 구해내지 못한 요다와 녹두의 몸이 새까만 잿더미로 손 안에 남아 있기도 했다. 물론, 다 꿈속의 일이다. 그러나 그것이 꿈인 줄을 알면서도, 꿈에서 깨어나 베개 머리맡에서 곤히 자고 있는 사지 멀쩡한 고양이들을 보고서도, 어쩐지 눈물을 멈출 수가 없었다. 나는 생명을 책임진다는 말의 무게에 조금씩 잠식되어가는 것을 느꼈다.

그러나 마음의 괴로움을 실제로 해결해 주는 것은 또 다른 마음이 아니었다. 그저 정신 없이 반복되는 일상의 과제들, 하릴없이 굴러가는 삶의 수레바퀴였다. 그날 그날 닥쳐오는 여러 가지 문제들에 성실하게 대응하느라 바빠지면서, 마음을 짓누르는 부담으로부터는 오히려 벗어날 수가 있었다. 그럴 때 내 앞에는 관념이 아닌 현실의 문제가, 지극히 평범한 골칫거리들이 놓여 있었다. 털갈이 시기에 집안에 수북이 쌓인 털과 한바탕 전쟁을 치르면서, 방광염에 걸린 녹두의 목덜미에 수액 주사 놓는 법을 익히면서, 토라진 모래를 달래주는 방법을 고안하면서, 고양이 똥을 어떤 방식으로 모으고 버리는 것이 가장 편리할지를 연구하면서, 까탈스러운 요다 입에 잘 맞는 사료가 무엇인지 실험해 보면서, 셋을 동시에 태워 제주도 레지던시로 데려가는 것이 가능한 항공사를 찾아보면서, 나는 내가 이들을 책임질 수 없으면 어쩌나 하는 질문을 더이상 하지 않았고 양팔의 범위를 넘어서는 불행에 관해 잊게 되었다. 그렇게 몇 번의 계절을 반복하는 동안에, 내 사랑하는 고양이의 몸이 반토막 나거나 불에 타는 악몽은 더이상 나를 찾아오지 않았다.

호랑이굴에 끌려가도 정신만 차리면 산다고 했다. 한 번뿐인 삶에 연습이란 없으니, 그저 정신 차리고 눈앞의 시간을 직면하는 것이 미욱한 인간이 취할 수 있는 가장 현명한 태도가 아닐까. 나는 제 발로 걸어들어 온 이 무시무시한 고양이굴에서 한동안 헤매었지만, 멀쩡히 살아남았다. 그리고 이제는 굴 속에서 오래오래 함께 잘 지내는 법을 배워나가고 있다.

4. 내 고양이의 집은 어디인가

고양이를 키울 때 난점 중 하나는 사랑스러운 그들과 한시도 떨어져 있기 싫은 분리불안이 집사에게 생긴다는 점이다. 추석이나 설이면 전국민이 고향을 향해 이동한다. 긴 이동에 소모되는 에너지와 더불어 허례허식을 위한 음식 준비와 친척 어른의 몰상식한 질문 세례는 명절

스트레스의 주된 원인들로 꼽히곤 한다. 그런데 나의 경우에는 가족을 만나러 가 있는 동안 고양이들을 집에 남겨 두어야 한다는 것이 가장 큰 스트레스다. 주인이 가는 곳이면 어디든 따라다니길 좋아하는 개와는 달리, 고양이는 영역동물이기에 낯선 곳으로의 이동과 떠들썩한 친목 행사를 즐기지 않는다. 각자의 사정으로 바쁘고 고단한 와중에 집사 친구들끼리 탁묘 품앗이를 하는 것도 늘 쉽지는 않다.

나는 부모님과 그리 멀리 살지도 않으면서 평소 바쁘다는 핑계로 자주 왕래하지 못하다 보니, 명절에는 잠깐이라도 짬을 내 가족들과 시간을 보내려 노력한다. 새삼스러운 말이지만, 이번 생에 나에게 주어진 가족을 나는 의문의 여지 없이 사랑한다. 그러나 그들과 맛있는 부침개를 먹고 윷을 던져올리며 웃을 때, 마음속으로는 또 다른 가족, 내가 선택한 가족 셋을 내내 생각한다. 고양이와 살게 된 이후로 나는 '눈에 밟힌다'는 말의 참뜻을 알게 되었다. 고양이에 관한 한 그 말은 비유가 아니다. 실제로 고양이 형태의 헛것이 자꾸 발에 밟힌다는 뜻이다. 좀더 정확히 말하자면 부모님 집의 부엌에서 방으로 이동하는 짧은 순간 발밑에 녹두의 통통한 꼬리가 스윽 지나가는 것을 보고는 그것을 밟지 않으려 발을 헛딛는다는 뜻, 그런 뒤 바보처럼 눈물이 핑 돈다는 뜻이다.

'내가 선택한 가족'은 현대사회를 살아가는 많은 이들에게 삶을 구성하고 지탱하는 필수적인 요소가 되었다. 이들은 소중한 반려동물일 수도 있고 새로운 의미에서의 동반자일 수도 있다. 그러나 제 아무리 긴 시간을 함께하더라도 그 선택이 결혼 제도의 승인 하에 있지 않은 한, 사회는 이들을 가족의 테두리 안에 포함시켜주지 않는다. 그 사실이 특히 또렷해지는 순간이 바로 집을 구할 때다. 도시에서 이사 갈 집을 구하는 과정은 자신의 경제 조건을 확인하는 일이면서 동시에 자신의 사회적 정체성을 확인하는 일이기도 하다.

나날이 상승하는 서울의 월세와 전세값 탓에 보다 저렴하고 안정적인 주거환경을 기대하며 매년 공공임대주택 지원 서류를 써 보지만, 비혼 성인 1인 가구는 정부 주거지원 정책의 사각지대에 놓여 있다는 사실을 확인하게 될 따름이다. 게다가 책임질 생명이 하나씩 늘어가도 나의 부양가족 점수칸은 몇 년째 0점으로 남아 있다.

반려묘가 세 마리나 된다는 사실은 플러스 점수가 되기는커녕, 일반 부동산 시장에서도 집주인의 싸늘한 시선만을 돌려받을 최악의 조건이다. 집에 사는 고양이들은 길에 사는 고양이들에 비해 상대적으로 인간 사회의 관계망 안에 안전하게 들어와 있는 것처럼 보인다. 그러나 어떤 의미에서는 보이지도 기록되지도 않는 부속물로서 인간 곁에 부자연스럽게 종속되어 있을 뿐이라는 생각도 든다. 길냥이들이 악천후와 자동차와 취객의 발길질을 피해 숨는다면, 집냥이들은 고양이를 싫어하는 이웃과 건물주의 눈을 피해 집안에서 조용히 입단속을 당하며, 때로는 있어도 없는 척을 해야 한다.

본래 '반려'라는 말에는 짝이라는 의미와 벗이라는 의미가 모두 들어 있다. 요즘은 '배우자'를 '반려자'로 바꿔 부르기도 한다. 그러나 국가는 혼인과 혈연의 조건이 아니면 삶의 벗으로도 가족 공동체로도 반려를 공식적으로 인정하지 않는다. 이런 사회 안에서 우리가 반려 삼고 있는 아이들의 몫과 희생은 과연 무엇일까 묻노라면, 규격에 끼워 맞춰지지 않는 다른 많은 삶의 조건과 관계의 형태에 대해서도 생각하게 된다. 지금 당장 내가 할 수 있는 일이라곤, 세 고양이들이 나와 함께 당당하고 편안하게 삶을 영위할 수 있도록 나름대로 고군분투하는 것, 혹은 그저 일찍 귀가하는 것뿐이지만 말이다.

5. 모르는 것 속에서

혹자들은 아는 만큼 보인다는 말을 변주해, 아는 만큼 사랑하는 것이라고 말한다. 맞는 말이다. 알면 알수록 대상에 대한 이해는 확실히 깊어지는 것 같다. 하지만, 고양이들과의 관계에서 내가 경험한 사랑은 아는 것만큼이나 모르는 것 속에서 진행된 부분도 많다.

모래는 어린 아이처럼 내 무릎에 올라와 노는 것을 좋아한다. 기분이 좋으면 나의 손을 잘근잘근 가볍게 물며 장난을 친다. 모래가 송곳니에 있는 힘껏 압력을 가하면 손가락 살갗은 물론 근육과 뼈까지 관통할 능력이 있다는 사실을 나는 알고 있다. 그러나 모래는 그러지 않는다. 그러지 않으리라는 것을 나는 믿어 의심치 않는다. 요다는 세상의 모든 인간을 공포의 눈으로 바라보지만, 내가 아무리 입을 크게 벌려 요다의 얼굴을 다 집어삼키는 시늉을 해도 그게 자신을 해치려는 행동이 아님을 안다. 어째서 이러한 믿음이 가능한지에 대해서 동물학자들과 인류학자들은 각자 그럴싸한 해답을 마련해 놓았을 것이다. 그러나 나의 내면에서는 어떤 합리적 이유도 발견할 수가 없다.

나와 함께 사는 고양이가 언제라도 내 몸에 구멍을 뚫어버릴 수 있는 치명적인 송곳니를 가졌고, 우리가 본질적으로 서로 이해할 수 없는 다른 종족의 동물이며, 몇 세대만 거슬러 올라가도 그의 조상이 나를 먹이로 취하기 위해 주저하지 않고 덤볐으리라는 사실을 안다고 해도, 그 앎이 나 자신을 이 생명체의 '두 번째 엄마'로 여기는 불가해한 현상과 상충되지는 않는다. 이 아이러니는 사랑에 관한 고전적인 클리셰를 소환하도록 만든다. 사랑이 '따라서'가 아닌 '그럼에도 불구하고' 속에 존재한다는 생각 말이다. 나와 고양이는 완벽한 타자이며, 그럼에도 불구하고 서로를 사랑하는 것이다.

어느 날인가는 요다가 혼자 집 밖에 나갔다 오는 것을 우연히 목격한 적이 있다. 나는 상당히 큰 충격을 받았다. 요다는 평소 바깥에 나가는 것을 극도로 무서워하고 문 밖에서 작은 소리만 들려와도 침대 밑에 숨는 겁쟁이다. 그런데 열려 있는 욕실 창문을 통해 집 밖으로 나가서는 난생 처음 보는 표정으로 밤바람을 맞고 있는 것이었다. 그때 내 눈에 비친 요다의 모습은 너무나 낯설었다. 잠시 후 요다는 몇 번 그래 본 적이 있는 투로 유유히 점프해 욕실 창으로 다시 들어왔다. 나는 짐짓 못 본 척을 해 주었다. 내 곁으로 돌아온 요다는 아무 일도 없었다는 듯 굴며 익숙한 몸짓을 보여 주었다. 그러나 이 고양이가 삶의 대부분의 시간 동안에 무슨 생각을 하고 어떤 감정을 느끼는지, 우리가 살고 있는 집과 바깥 세계의 경계가 그에게 어떤 의미일지, 나는 아마 평생 알지 못하리라는 생각이 들었다. 확실한 것은, 아는 것과 모르는 것 사이를 꾸준히 왕복하면서, 그 진동의 반향 속에서 내가 사랑을 느끼리라는 사실뿐이었다.

우리 사이에는 깊고 고요한 평화가 있다. 그것은 물론 언어가 통하지 않는 데서 오는 평화다. 내가 "사랑해."라고 말하면, 요다는 무슨 뜻인지 모르겠다는 표정으로 골똘히 내 눈을 들여다 본다. 나는 이 동물이 나의 마음을 이해하기 위해 애를 쓰고 있다는 사실을 안다. 그러나 똑같이 세 음절로 이루어져 있는 "배고파?"라는 말의 의미는 훨씬 더 정확히 이해한다는 사실도 알고, 그 사실이 왜 나의 기분을 상하게 하지 않는지는 모른다. "많이 사랑한다구, 요다야." 요다는 내 얼굴을 빤히 바라본다. 나는 말을 거는 것을 멈추고 잠자코 요다의 등을 쓰다듬어 주기 시작한다. 그러면 요다는 스르르 눈을 감는다. 그릉그릉 소리를 낸다. 이 손짓은 무슨 뜻인지 잘 알고 있다는 듯이.

김영글

미술 작가. 세 고양이와 여기저기 옮겨다니며 살고 있다. 몇 년 내로 고양이들을 위한 최적의 집을 찾아 시골에 정착하고 훗날 고양이들이 세상을 다 떠나면 전세금을 빼서 세계여행을 하는 것이 현생의 목표다. 1인 출판사 돛과닻을 운영하고 있다.

나는 있어 고양이

지은이: 김영글, 김화용, 우한나, 이두호, 이소요,
이수성, 정은영, 차재민
펴낸이: 김영글
펴낸곳: 돛과닻
편집: 김영글
디자인: 이재민

등록: 제2019-000091호
주소: 서울시 은평구 증산서길 101-6 201호
전화: 010-3680-1791
전자우편: sailandanchor.info@gmail.com

www.sailandanchor.net
instagram.com/sailandanchor

ISBN 979-11-968501-2-8 03810
1판 2쇄 발행 2020년 11월 20일
1판 1쇄 발행 2020년 8월 30일

이 도서의 국립중앙도서관 출판예정도서목록
(CIP)은 서지정보유통지원시스템 홈페이지
(seoji.nl.go.kr)와 국가자료종합목록 구축시스템
(kolis-net.nl.go.kr)에서 이용하실 수 있습니다.
CIP제어번호: CIP2020034367

* 책값은 뒤표지에 있습니다.

돛과닻